APRIL GENEVIEVE TUCHOLKE

Herói, vilão, mentiroso

Tradução
Alda Lima e Maryanne Linz

1ª edição

— Galera —
RIO DE JANEIRO
2017

CIP-BRASIL. CATALOGAÇÃO NA PUBLICAÇÃO
SINDICATO NACIONAL DOS EDITORES DE LIVROS, RJ

T824w
Tucholke, April Genevieve
Wink, Poppy, Midnight / April Genevieve Tucholke; tradução de Alda Lima, Maryanne Linz. – 1ª ed. – Rio de Janeiro: Galera Record, 2017.

Tradução de: Wink, Poppy, Midnight
ISBN 978-85-01-11210-1

1. Ficção juvenil americana. I. Lima, Alda. II. Linz, Maryanne. III. Título.

CDD: 028.5
CDU: 087.5

17-43897

Título original:
Wink Poppy Midnight

Copyright © 2016 by April Tucholke

Copyright da edição em português © 2017 por Editora Record LTDA.

Todos os direitos reservados. Proibida a reprodução, no todo ou em parte, através de quaisquer meios. Os direitos morais do autor foram assegurados.

Texto revisado segundo o novo Acordo Ortográfico da Língua Portuguesa.
Adaptação de capa original: Renata Vidal

Direitos exclusivos de publicação em língua portuguesa somente para o Brasil adquiridos pela
EDITORA RECORD LTDA.
Rua Argentina, 171 – Rio de Janeiro, RJ – 20921-380 – Tel.: (21) 2585-2000, que se reserva a propriedade literária desta tradução.

Impresso no Brasil

ISBN 978-85-01-11210-1

Seja um leitor preferencial Record.
Cadastre-se em www.record.com.br e receba informações sobre nossos lançamentos e nossas promoções.

Atendimento e venda direta ao leitor:
mdireto@record.com.br ou (21) 2585-2002.

*Para todas as garotas
que tem a cabeça nas nuvens.*

Você é o herói da sua própria história

— *Joseph Campbell*

Midnight

NA PRIMEIRA VEZ que dormi com Poppy, eu chorei. Tínhamos 16 anos, e eu era apaixonado por ela desde criança, desde que eu ainda lia quadrinhos de monstros e passava tempo demais ensaiando truques porque queria ser um mágico.

As pessoas dizem que não é possível sentir amor verdadeiro assim tão jovem, mas eu sentia. Por Poppy.

Ela era a garota da casa ao lado que caiu da bicicleta e deu risada dos joelhos ensanguentados. Era a vizinha heroína que organizava jogos de *Queima a bruxa* e convencia todo mundo a brincar. Era a rainha do colégio que se esticou um dia na aula de matemática, pegou o cabelo cheio e loiro-claro de Holly Trueblood na mão fechada e o cortou bem rente enquanto Holly berrava sem parar. Tudo porque alguém disse que o cabelo de Holly era mais bonito que o dela.

Poppy era assim.

Depois que dormimos juntos, comecei a chorar. Só um pouquinho, só porque meu coração estava tão completo, só umas lagrimazinhas. Poppy me empurrou, se levantou e riu. Não foi uma risada legal. Não foi o tipo de risada: *Nós dois perdemos AQUILO juntos, que perverso e incrível, sempre vou te amar porque fizemos essa Grande Coisa juntos pela primeira vez.*

Não, foi mais um tipo de risada: *Então era só isso? E você está chorando por isso?*

Poppy enfiou as longas e brancas pernas em seu vestido amarelo-claro como leite deslizando em manteiga derretida. Ela era mais magra na época e não precisava usar sutiã. Ficou em frente à lâmpada, me encarando, e o raio de luz brilhou através das roupas finas de verão, delineando suas formas de menina doce de um jeito que me voltaria à memória de novo e de novo, até me deixar maluco.

— Midnight, você vai ser o cara mais gato do colégio quando estivermos no último ano. — Poppy apoiou os cotovelos no parapeito da janela e ficou olhando para o escuro lá fora.

O ar da montanha era rarefeito, mas puro, e tinha um cheiro ainda melhor à noite. Pinheiro, junípero e terra. Os cheiros da noite se misturavam ao de jasmim; Poppy o havia sacado de uma garrafinha de vidro que trazia no bolso, esfregado no lóbulo da orelha, nos pulsos.

— É por isso que eu me entreguei a você primeiro. Eu queria dar pra *ele*. Ele é o único garoto que vou amar. Mas você não sabe nada sobre ele, e não vou te contar nada também.

Meu coração parou de bater. E, então, recomeçou.

— *Poppy*. — Minha voz saiu fraca e sussurrada e eu odiei aquilo.

Ela bateu os dedos de leve no parapeito e me ignorou.

Uma coruja piou do lado de fora.

Poppy jogou o cabelo loiro para trás dos ombros, daquele jeito desengonçado e esquisito que ela ainda tinha na época. Aquilo sumiu completamente quando as aulas recomeçaram — ela se tornara pura elegância e movimentos frios e precisos.

— E agora ninguém mais vai duvidar do meu bom gosto, Midnight Hunt, perfeito mesmo quando eu era jovem. Você vai ser tão lindo com 18 anos que as garotas vão derreter só de olhar pra você, para os seus cílios pretos compridos, o seu cabelo castanho brilhante, os seus olhos superazuis. Mas eu tive você primeiro, e você me teve primeiro. E foi uma boa jogada da minha parte. Uma jogada *genial*.

E então veio o ano em que corri atrás de Poppy, com o coração cheio de poesia e explodindo de amor, sem perceber o quão pouco ela realmente se importava, independentemente de quantas vezes a tivesse nos braços e quantas vezes ela risse de mim depois. Não importava quantas vezes ela me zoasse na frente dos amigos. Não importava quantas vezes eu dissesse a ela que a amava e ela nunca se declarasse de volta. Nem uma vez. Nunca.

Wink

Toda história precisa de um Herói.

Min leu nas folhas de chá no dia em que Midnight se mudou para a casa ao lado. Ela se debruçou, tirou meu cabelo do rosto, pôs o dedo no meu queixo e disse:

— Sua história está prestes a começar, e aquele garoto colando caixas na velha casa inclinada do outro lado da rua é o começo dela.

E eu sabia que Min estava certa a respeito de Midnight porque as folhas também disseram a ela que o grande galo ia ter uma morte sangrenta à noite. E, como esperado, uma raposa o pegou. Nós o encontramos de manhã, com as penas duras de sangue, o corpo em pedaços no chão, bem ao lado do nosso carrinho de mão vermelho, como naquele poema.

Poppy

EU ME APAIXONEI por Leaf Bell no dia em que ele meteu a porrada em DeeDee Ruffler.

Ela era a maior *bully* da escola, e ele foi o primeiro e único cara a derrubá-la. Eu também sou uma *bully*, então você podia ter achado que eu ficaria do lado dela, mas não fiquei.

DeeDee era uma zé-ninguém, baixinha, que morava na parte pobre da cidade e exibia um indefectível ar de crueldade. Ela tinha um corpo forte e desinteressante, um rosto comum e redondo, e uma voz maldosa e áspera, e já tentara brigar com Leaf antes, chamando-o de todos os tipos de coisas — pobre, cenourinha, magrelo, sujo, doente —, e ele só tinha dado risada. Mas no dia em que ela chamou o pequeno Fleet Park, do sétimo ano, de *chinesinho de olhos puxados que gosta de meninos*, Fleet começou a chorar e Leaf perdeu o controle. Ele encheu DeeDee de porrada, bem ali nos degraus de cimento da escola; bateu com a cabeça da garota no concreto, imobilizando-a com os joelhos, e os peitos dela balançavam, o cabelo ruivo dele voava ao redor dos seus ombros desengonçados, as montanhas com o topo coberto de neve ao fundo.

Meu coração triplicou de tamanho naquele dia.

DeeDee nunca mais foi a mesma depois que Leaf esmagou sua cabeça. Eu tinha lido sobre lobotomias na aula de Ciência da Mulher Moderna, e era assim que ela estava agora: desinteressada, letárgica, inútil.

Leaf não ficou encrencado por causa daquela briga, ele nunca se dava mal, assim como eu. Além disso, todo mundo estava de saco cheio de DeeDee, até os professores, principalmente os professores. Ela era tão má com eles quanto com todo mundo.

Também havia uma maldade em mim, um lado cruel. Não sei de onde veio, e eu não o queria, na verdade, não mais do que gostaria de pés grandes, cabelo castanho sem graça ou um nariz de porquinho.

Mas foda-se. Se eu tivesse nascido com um nariz de porquinho, eu iria *aceitá-lo*, como aceito a crueldade e a maldade.

Leaf foi o primeiro a me reconhecer pelo que eu era. Eu era linda, mesmo quando criança. Parecia um anjo, com lábios de querubim, bochechas rosadas, porte elegante e cabelo loiro no lugar da auréola. Todo mundo me amava, eu me amava, conseguia que tudo fosse do meu jeito, fazia o que queria, e ainda deixava as pessoas se sentindo como se tivessem sorte por me conhecer.

Ninguém se acha fútil, pergunte a qualquer pessoa que conheça, ela vai negar, mas eu sou a prova viva, posso me safar de um assassinato apenas porque sou bonita.

Mas Leaf enxergou além da beleza, viu bem lá dentro.

Eu tinha 14 anos quando Leaf Bell lobotomizou DeeDee nos degraus da escola, e tinha 15 quando o segui até em casa e tentei beijá-lo no palheiro. Ele riu na minha cara e me disse que eu era feia por dentro e me deixou sentada sozinha no feno.

Wink

Toda história precisa de um Vilão.

O Vilão é tão importante quanto o Herói. Talvez até mais importante. Li uma porção de livros, alguns em voz alta para os órfãos, alguns só para mim mesma. E todos tinham um Vilão. A Feiticeira Branca. A Bruxa Má do Oeste. O Cavalheiro de Cabelos de Algodão. Bill Sykes. Sauron. Sr. Hyde. Sra. Danvers. Iago. Grendel.

Eu não precisava da leitura das folhas de chá da Min para saber quem era a Vilã da minha história. A Vilã tinha cabelo loiro e o coração do Herói na manga. Tinha dentes e garras e uma língua de prata como o demônio de fala mansa de *Cinzas e sombras*.

Midnight

Eu tinha um irmão mais velho. Um meio-irmão. Seu nome era Alabama (explico depois), e ele morava com a nossa mãe em Lourmarin, na França. Meus pais não eram divorciados. Só não moravam juntos. Minha mãe escrevia mistérios históricos e, dois anos antes, no meio de uma nevasca, ela decidiu que ia continuar escrevendo mistérios históricos, mas na França, não aqui. Meu pai suspirou e deu de ombros, e lá se foi ela. E Alabama foi com ela. Ele sempre foi seu preferido, de qualquer forma, provavelmente porque o pai tinha sido o amor verdadeiro da minha mãe. O pai de Alabama era das nações indígenas Muscogee e Choctaw. Ele voltou ao Alabama — o estado, não o irmão — antes do meu irmão sequer ter nascido. Aí apareceu o *meu* pai, com seu grande coração e fraqueza por criaturas necessitadas. Ele se casou com minha mãe grávida, e o resto foi história.

Bem, até o inverno passado, quando ela se mudou, feito cigana, para um terra de queijo e uvas, levando meu irmão.

Então meu pai vendeu a casa melancólica, espaçosa, de três quartos e três banheiros onde cresci, e mudamos para uma casa de cinco quartos, um banheiro, caindo aos pedaços, velha e rangendo, no campo.

Dois hectares, pomar de maçãs, um riacho espumante e borbulhante. Bem a tempo do verão.

E eu não liguei. Nem um pouco.

A casa ficava a três quilômetros da cidade, a três quilômetros de Broken Bridge, com suas casas vitorianas, ruas de paralelepípedos, restaurantes *gourmet* caros e hordas de turistas que vinham esquiar e se exibir no inverno.

E ficava a três abençoados e belos quilômetros longe de Poppy.

Nada mais de tapinhas na minha janela, no meio da noite, da garota três casas abaixo. Nada mais de Poppy gargalhando enquanto se esgueirava pelo parapeito da janela para a minha cama. Nada mais de eu não saber de quem era aquele cheiro de colônia na frente de sua blusa.

Eu estava de saco cheio de ser otário. E essa velha casa, abrigada entre macieiras e pinheiros, num canto sombrio e esquecido das montanhas... era o primeiro passo para a minha liberdade.

Minha liberdade de Poppy.

Poppy

Eu teria dado pra Leaf no segundo que ele pedisse, só que ele nunca, jamais pediu, então escolhi Midnight.

Midnight e seus grandes olhos caídos, o coração transbordando do peito, os suspiros, a doçura, os beijos. Eu o odiava por isso, odiava mesmo, com toda força, odiava, odiava.

Odiava, odiava, odiava, odiava.

Meus pais ainda achavam que eu era virgem. Eles nunca falavam de sexo na minha frente, se recusavam a admitir que eu havia crescido porque queriam que eu fosse a bebezinha angelical idiota para sempre, e isso me deixava furiosa furiosa *furiosa*, o tempo inteiro, o tempo inteiro. Eu usava as saias mais curtas que encontrava, e os tops mais decotados, ah, como eles sofriam, seus olhos lutando para focar em algo em mim que não fosse sexual para que pudessem continuar pensando em mim como a menina de sempre.

Meus pais ainda me davam bonecas de presente, umas que se pareciam comigo, loiras, com olhos grandes e carnudos lábios vermelhos. E sempre que eu via outra caixa na mesa da cozinha, embrulhada com papel cor-de-rosa, um cartão com meu nome, eu sabia que estaria na janela de Midnight naquela noite, batendo, batendo, batendo, querendo que ele me deixasse entrar para provar a mim mesma o quanto eu não era angelical.

A maioria dos homens levava vidas de desespero silencioso. Leaf falava muito isso. Era alguma citação de um hippie que abraçava árvores, que levou uma vida tediosa no mato um milhão de anos antes, e Leaf provavelmente achava que ia abrir os meus olhos e me fazer mais sábia para entrar em contato com meu eu interior, mas tudo que aquilo me provocava era uma vontade de arrancar todas as roupas e correr gritando pela cidade.

Se eu ia levar uma vida de desespero, então seria *barulhenta*, não silenciosa.

Wink

OBSERVEI O HERÓI levar as caixas para a antiga casa da Lucy Rish. Fiquei parada ao lado de uma macieira e permaneci ali por um bom tempo antes que ele me visse. Eu era boa em não ser vista quando queria. Tinha aprendido a ficar quieta e invisível lendo *Discrição e sombras*.

Eu não mostrara *Discrição e sombras* aos meus irmãos ou irmãs. Não queria que eles aprendessem a se esconder em plena luz do dia. Ainda não.

Eu esperava que o Herói gostasse da sua nova casa. Lucy não tinha gostado. Era uma velha senhora má e supersticiosa que nos chamava de bruxas e se agarrava num terço toda vez que nos via. E jogava maçãs nos Órfãos se eles brincassem muito perto do gramado dela. O marido era legal, estava sempre sorrindo para nós do outro lado da rua, mas ele morreu há três anos. Felix acha que Lucy o envenenou, mas não sei. Velhos morrem o tempo todo sem a ajuda de veneno.

Midnight

OLHEI PARA CIMA e lá estava ela, do nada, parada na parte de baixo dos degraus da frente, vestindo uma camisa verde e um macacão largo marrom com botões enormes de morango nas alças. Era uma roupa de criança, não de uma garota de 17 anos. O macacão estava sujo e era muito grande para o corpo pequeno.

Wink era uma das infames crianças Bell. Elas nunca pareciam ter fim e quem sabe quantas realmente eram.

Mas agora eu morava ao lado delas e talvez conseguisse descobrir. Talvez aquele fosse o meu segundo objetivo do verão, tipo isso:

1. Superar Poppy. De uma vez por todas.
2. Contar as crianças Bell.

Na pré-escola, Wink Bell tinha sido chamada de Feral Bell pelas costas porque seu cabelo era bagunçado e as roupas estavam sempre meio sujas. *Feral* era uma palavra difícil para criancinhas, o que, olhando para trás, me faz pensar que algum professor amargurado foi quem deu o apelido. As pessoas ainda a chamavam de Feral às vezes, e ela, na verdade, não parecia perceber, muito menos se importar.

Todas as crianças Bell tinham nomes esquisitos, exatamente como eu e Alabama, e sempre me senti atraído por eles por causa disso, se não por outra coisa.

Mudei a caixa de livros que estava carregando para o outro braço, e encarei Wink. Seu cabelo ruivo encaracolava em espirais compridas e firmes que caíam pelos ombros magros, e ela tinha sardas no nariz, nas bochechas e basicamente em todos os outros lugares. Seus olhos eram grandes, verdes e... inocentes. Ninguém mais tinha olhos como aqueles. Pelo menos ninguém da minha idade. Nossos olhos cresciam e paravam de acreditar em magia e começavam a se importar com sexo. Mas os de Feral... eles ainda exibiam um brilho sonhador, intrigado, perdido-numa-floresta-encantada.

— Você se parece com alguém — disse Wink.

Baixei a caixa de livros na varanda, e Wink deve ter entendido aquilo como um convite porque subiu os degraus e parou na minha frente. A cabeça mal batia nos meus ombros.

— Você se parece com alguém — repetiu ela.

As pessoas na escola achavam que Wink era estranha. Mais do que estranha. Se alguém fosse só um pouco esquisito, essa pessoa podia ser sacaneada. Talvez ela soubesse muitas falas de Star Wars, talvez falasse sozinha, morasse numa cabana de um quarto na montanha, cheirasse a porão, ou fizesse truques de mágica na escola a cada chance que tivesse porque queria ser ilusionista. Podiam provocar essas pessoas. Ou rir delas. Fazerem-nas chorar. Mas Wink não. Os bullies desistiram de Wink e seus irmãos havia anos. Era impossível ridicularizar os Bell, eles nunca, jamais, ficavam constrangidos. Ou com medo. No fim, os bullies se entediaram e passaram para uma vítima mais fácil.

Wink tinha um irmão mais velho chamado Leaf. Ele se formou no ano passado, mas, quando estava na escola, todo mundo, *todo mundo*, sentia medo dele. Leaf tinha olhos verdes serenos e cabelo ruivo escuro, tão liso quanto o de Wink era encaracolado. Ele era alto e magro, e ninguém nunca pensaria que ele seria capaz de encher alguém de porrada. Mas ele enchia. O tempo inteiro. Era dono de um humor que ninguém, nem mesmo os professores, achava normal.

Todo mundo dizia que as crianças Bell eram bruxas e esquisitões. E as pessoas os deixavam em paz. E eles pareciam gostar disso assim, na maior parte do tempo.

Então, por que Wink estava parada na minha varanda naquele momento, me encarando e parecendo que não ia a lugar algum?

Wink botou a mão num bolso do macacão. Era tão fundo que o braço inteiro desapareceu lá dentro. Quando ela tirou a mão, estava segurando um pequeno livro. Ela o folheou, encontrou o que estava procurando e passou pra mim. Ele era velho, e metade das páginas estava caindo. Wink deixara o livro aberto na ilustração de um garoto com uma espada ao lado. O menino estava em um morro, de frente para um castelo de pedra escura, com montanhas sombrias ao fundo. Parecia que ele estava esperando... esperando algo aparecer para matá-lo.

— Esse é o Ladrão — comentou Wink, apontando um dos dedos sardentos curtos para o garoto. — Ele luta e mata A Coisa nas Profundezas com a espada que o pai deixou pra ele. — Ela encostou de leve a ponta do dedo na página. — Está vendo o cabelo castanho encaracolado? E seus tristes olhos azuis? Você se parece com ele.

Olhei de novo para a ilustração e, então, de volta para Wink.

— Obrigado — falei, apesar de eu não ter certeza de que aquilo fosse um elogio.

Ela assentiu, de forma meio solene, e colocou o livro de volta no bolso fundo.

— Você já leu *A coisa nas profundezas*?

Balancei a cabeça negativamente.

— Já li muitas vezes para os Órfãos. *Os Órfãos* é como chamo minhas irmãs e meus irmãos, porque são muitos e porque não temos mais um pai. Nós temos uma mãe, então eles não são órfãos *de verdade*, mas ela está sempre ocupada lendo folhas de chá e cartas das pessoas e, por isso, a gente fica largado boa parte do tempo.

Wink fez uma pausa.

— É por isso que você vai ver um monte de carros estranhos na entrada da nossa garagem. Um carro estranho quer dizer que tem alguém aqui, e que ela está lendo as cartas dessa pessoa.

Wink fez uma pausa. De novo. Ela não estava com pressa.

— Min leu minhas folhas e disse que eu e você teríamos uma história juntos. Fiquei pensando se a nossa história ia ser que nem *A coisa nas profundezas* porque você se parece com o Ladrão.

Wink respirou fundo, expirou, colocou as mãos nos bolsos e parou de falar. Passou uma brisa que levantou seu cabelo grosso dos ombros. Depois do longo discurso, ela agora parecia satisfeita por simplesmente estarmos parados ali em silêncio.

Eu ainda não sabia bem como falar com Wink. Isso viria depois. Mas eu já a achava meio que relaxante. Os segundos passavam, e eu escutava o riacho correndo mais abaixo, perto do pomar de maçãs, e os sons do meu pai desencaixotando dentro de casa. Senti meus ombros relaxarem e minha postura se suavizar. Estar com Wink era, de alguma forma, como estar sozinho, só que não, sabe, *solitário*.

E com o tempo percebi que o motivo de eu me sentir tão em paz era porque Wink não ficava me avaliando. Ela não estava tentando entender se eu era sexy, ou descolado, ou engraçado, ou popular. Ela simplesmente parava na minha frente e me deixava ser quem quer que eu fosse. E ninguém nunca fizera aquilo por mim antes, a não ser talvez meus pais, e Alabama.

— Mas então o que acontece no livro? — perguntei, depois de alguns minutos de brisas, cabelo encaracolado, macacão e um silêncio sem julgamentos, suave e em paz. — O que acontece com o Ladrão?

— Há um monstro na forma de uma bela mulher. Ela mata pessoas. Crianças, velhos, todo mundo. Ela tenta matar a garota que o Ladrão ama. Ele luta com o monstro e a mata porque é o herói. Há uma grande vitória. E uma queda à escuridão. Existem vestígios e mistérios a resolver, e provas de força e habilidade. Há redenção e consequências e um para sempre.

Também li uma porção de livros. Mais do que deixei qualquer um saber, exceto meu pai. Li muito, principalmente no ano anterior. Meus dias tinham sido me arrastar de uma aula para outra, afastando todos os meus malditos amigos com minhas oscilações de humor e meu blá-blá-blá-Poppy--isso-Poppy-aquilo sem-fim e meu amor, amor, amor, sempre o meu *amor* por essa garota de cabelo loiro que às vezes segurava a minha mão entre uma aula e outra, e às vezes me beijava na boca quando não tinha ninguém olhando, mas na maior parte do tempo, me ignorava, me deixando para trás chamando por ela, que se recusava a atender.

Mas minhas noites, aquelas em que Poppy não batia na janela do meu quarto, foram passadas com livros. Li um monte de ficção científica, e mais fantasia com dragões do que provavelmente é considerado saudável para uma pessoa. Li os clássicos, como Dickens, *A revolução dos bichos* e *Onde crescem as samambaias vermelhas*. Li até alguns romances históricos, alguns suspenses com assassinato e faroestes com cavalos e pistolas. Eu não me importava. Lia de tudo. Alabama fazia parte dos times de basquete e de corrida, por isso estava sempre saltando e correndo, e era admirado pelas garotas. Eu era o irmão leitor que gostava de nadar em rios, fazer caminhadas na chuva e sentar sob as estrelas, mas nunca, jamais, participava de esportes organizados. E eu não me incomodava com isso.

Wink e eu continuamos olhando fixamente um para o outro. Ela estava conduzindo essa conversa, e eu deixei que tomasse a iniciativa. Ela se virou e olhou para os livros da caixa que eu estivera carregando, então tive a chance de notar as delicadas sardas do interior dos seus braços, e como seu nariz era pequeno, como se pertencesse a uma boneca, e os cílios curtos, claros e ruivos, e o queixo pontudo.

Meu pai passou por nós num momento; alto, cabelo castanho cheio, óculos de armação de arame, andar suave. Ele gostava de correr quando não estava lendo ou vendendo livros raros para pessoas em lugares distantes, e correr o ensinou a se mover como um gato. Ele estendeu o braço e pegou uma luminária de dentro da van de mudança, voltou em silêncio, sorriu e levou a luminária para dentro de casa, nos deixando continuar com o nosso silêncio.

— *Midnight.*

Uma voz de garota cortou a quietude com brisa. Virei a cabeça depressa na direção do som.

Poppy.

Ela estava parada na beira da mata, do outro lado da pista, na ponta da fazenda sinuosa dos Bell.

Acho que três quilômetros não era longe o bastante, afinal de contas.

Droga.

Poppy passou pelo celeiro vermelho, pelos quatro anexos dos Bell e a velha casa de fazenda com o telhado vermelho esculhambado e janelas altas com venezianas pretas. Ela atravessou a rua, que na verdade era apenas cascalho e erva daninha, avançou por entre nossas quatro macieiras de maçãs verdes reluzentes, subiu os degraus de madeira da varanda e ficou parada na frente de Wink, como se ela não estivesse ali. Poppy usava um vestido branco solto, mas que ainda conseguia abraçar seu corpo de uma forma que sussurrava *Paguei muito dinheiro por isso.* Poppy era a mimada filha única de dois médicos ocupados, que ganhavam muito dinheiro de celebridades que iam esquiar na neve, com sede de morte, e que bombardeavam Broken

Bridge todo inverno. A casa dela era uma das maiores das redondezas, incluindo casas de temporada das estrelas de cinema e de músicos decadentes.

Ela passou a mão pelo cabelo e sorriu para mim.

— Você tem noção do tempo que eu levei para andar até aqui? Nem acredito que eu me importei.

Não olhei para ela. Observei Wink descer os degraus, se virar e voltar para a fazenda do outro lado da estrada sem nenhuma outra palavra, quieta como uma soneca no sol.

— Os meus pais não vão me dar outro carro até eu me formar. — Poppy fez beicinho apertando os lábios perfeitos, ignorando a partida de Wink, como se ela fosse um fantasma. — Só porque eu peguei o Lexus novo sem pedir e daí destruí ele na ponte. Merda. Eles deviam ter esperado por isso.

Eu a ignorei. Fiquei olhando para o jardim da fazenda dos Bell, distraído com algo de verde, marrom e vermelho que estava subindo numa escada grudada ao grande celeiro que ficava à direita da casa branca caindo aos pedaços.

Wink desapareceu no canto escuro na entrada do palheiro.

Eu conhecia Wink a vida toda, mas na verdade, na prática, eu tinha acabado de conhecê-la.

Poppy estalou os dedos na minha cara, e meus olhos se voltaram para ela. Parecia irritada e linda, como sempre, mas pela primeira vez eu não estava realmente notando. Estava me perguntando o que Wink ia fazer lá em cima no palheiro. Eu me perguntei se ela ia reler *A coisa nas profundezas* para os Órfãos.

Pensei como ia ser, morar ao lado de uma garota como aquela em vez de uma como Poppy.

De repente desejei, com toda a força do meu maldito coração, que eu sempre tivesse morado nessa casa velha, do outro lado da rua de Wink e dos Órfãos.

Midnight, Midnight, Midnight...

Poppy estava repetindo meu nome sem parar com aquela voz doce e melosa que já tinha me deixado louco e agora só me fazia sentir frieza.

Eu me arranquei da sensação calma e surreal em que Wink tinha me atirado, e finalmente foquei na garota à minha frente.

— Vai pra casa, Poppy.

Poppy piscou os mordazes olhos cinzentos. Lentamente. Brincou com os bolsos de seu vestido caro e sorriu para mim, seu sorriso gentil, triste, que com pouco esforço ela podia fazer parecer sincero.

— Nós não acabamos, Midnight. Nós não acabamos até que eu diga que acabamos.

Eu não conseguia nem olhar para ela. A sensação calma que Wink deixara agora tinha acabado, acabado totalmente. Tudo que eu sentia era raiva. E melancolia.

Poppy estendeu a mão e a colocou na minha bochecha. Seus olhos cravaram na minha pele e puxaram meu rosto para baixo, na sua direção, como um peixe numa linha.

Lutei contra ela. Mas nem de longe com o afinco pretendido.

Poppy estava acostumada a conseguir o que queria. Esse era o lance com Poppy.

Ela ganhava. Ela sempre ganhava.

Poppy

Leaf não falava na escola, ele não ficava por perto e não batia papo sobre coisas de meninos com outros meninos idiotas; nenhum dos Bell falava, na verdade, o que é uma das coisas que os fazia tão esquisitos. Ele era sinistro, tranquilo e quieto, e parecia estar sempre assombrado ou irritado. E, quando não parecia assombrado ou irritado, parecia inexpressivo, distante, isolado de tudo, como se não estivesse vendo nada nem ninguém mais ao redor.

Bridget Rise mijava nas calças. O irmão mais velho também fazia xixi na calça quando novo. Acho que aquilo era de família, um gene mijador, como ter a visão ruim ou pele seca ou cabelo fino, algo que a evolução deveria ter eliminado, ao estilo Darwin. A última vez que Bridget mijou nas calças foi no recreio do terceiro ano. Algumas crianças a chamaram de nojenta e começaram a jogar sujeira nela, mãozinhas apertadas cheias daquilo que grudou em seu cabelo e desceu pela blusa.

Posso ter jogado um pouco da sujeira. Talvez tenha dado a ideia às outras crianças. Bridget estava chorando, soluçando, soluçando, e aí do nada Leaf apareceu. Ele tinha uns 11 ou 12 anos, mas já era esquentadinho.

Ele pegou Bridget no colo, o jeans encharcado, cheia de sujeira e tudo, e a carregou para dentro da escola.

E depois saiu e espancou cada um de nós, todo mundo com as mãos sujas, literalmente, eu incluída. Ele esfregou a minha cara no chão, bem na terra que eu estivera jogando, e me falou que, se eu provocasse Bridget mais uma vez, ele quebraria meu nariz.

Ele estava falando sério, todos nós sabíamos que era sério. E quando, mesmo assim, eu esqueci disso e chamei Bridget de *A Mijona* duas semanas depois na hora do almoço, Leaf me achou depois da aula, e uma das mãos, um soco, foi o necessário; meus olhos vesgos quando o punho acertou a minha cara, estalo, quebra, sangue, gritaria.

Meu nariz ainda era torto. Mesmo os meus pais médicos não conseguiram consertá-lo, não perfeitamente. Midnight dizia que me deixava ainda mais bonita, a imperfeição mínima, mas ele lia poesia e seu miolo era mole, como o coração. Parei de escutá-lo havia anos.

Não deixei a gargalhada de Leaf me intimidar naquele dia no palheiro. Fiquei confusa porque jamais havia perdido em nada antes, mas eu estava empenhada no desafio e queria tentar algo para variar, tentar *de verdade*. Foi como me senti, de primeira.

No dia em que fiz 16 anos, fui até Leaf no intervalo das aulas. Inclinei o corpo contra seu locker cinza, arqueando as costas. Eu estava usando minha saia mais curta, aquela que fazia minhas pernas parecerem ter três metros de comprimento, aquela que fez Briggs começar a babar na festa de Zoe outra noite, ele babou mesmo, e precisou secar a boca com a mão. Eu tinha deixado o sutiã na cama e sabia que os meus mamilos estavam aparecendo através da camiseta preta fininha.

— Oi, Leaf — cumprimentei, usando o tom baixo e sussurrado que deixava os garotos de joelhos.

E ele me olhou. Não com luxúria, desejo ou avidez. Ele olhou para mim da mesma forma que eu olhava para os nerds da banda em seus uniformes, quando atravessavam os corredores, carregando seus instrumentos polidos e idiotas. Do mesmo jeito que eu olhava os garotos fracos da minha turma com sua ânsia ofegante e superconfiança patética e braços magros e pernas finas.

— Sai.

Foi tudo o que Leaf disse. Ele ficou lá parado, alto, magricela, ruivo e sem se incomodar e tudo o que disse foi *sai*.

Nunca chorei, nem quando era bebê. Meus pais diziam que era porque eu era um *anjinho de doçura*, mas eles são ingênuos. Eu nunca chorei porque só há dois motivos para as pessoas chorarem, um é a empatia e o outro é autopiedade, e nunca senti nenhum dos dois. Mas eu chorei por causa daquele *sai*, chorei, chorei, chorei.

Wink

VINGANÇA.

Justiça.

Amor.

São as três histórias de que todas as outras histórias são feitas. É o trio perfeito. É como preparar uma sopa para um bando de Órfãos. Você tem que começar com as cebolas, o aipo e as cenouras. Você corta, joga tudo na panela e cozinha. O que vier depois disso é só um extra. As histórias também são assim.

Contei ao Herói sobre os Órfãos e sobre *A coisa nas profundezas*.

Gostei de seus olhos.

Midnight

POPPY ME SEGUIU pela minha casa nova, pelo chão de madeira rangendo, ao redor da mobília bagunçada, por baixo de teias de aranha, por cima de caixas, escada acima, as mãos deslizando sobre a madeira escura e lisa do corrimão, pelo corredor estreito e escuro, para o quarto de pé-direito alto que eu tinha escolhido para ser meu, última porta à esquerda.

Não havia lençóis na cama, mas o estrado e o colchão estavam encostados na parede. Passei por cima de duas caixas, me movimentando pelo quarto, e abri todas as janelas. Todas as quatro tinham cortinas amarelas desbotadas que cheiravam a poeira.

Voltei até a porta e a fechei. Papai não me incomodaria se a porta estivesse fechada. Ele respeitava a privacidade. A privacidade era como ouro para ele, tipo vale quanto pesa. Ele a queria, então a dava aos outros de graça e sem questionar.

Tive que empurrar a porta mais uns centímetros para que fechasse totalmente. Essa casa parecia pender para um dos lados, como uma velha senhora com uma das mãos no quadril, fazendo tudo parecer fora de ordem. Com o tempo, eu acabaria gostando. Mais tarde eu escutaria os estalos e lamentos, e me sentiria acolhido e confortado, como se a casa estivesse falando comigo com uma voz ofegante e fraca. Eu poderia dizer onde o papai estava, em qual canto do aposento, apenas pela série de estalos, tremores e rangidos que ecoavam até mim, como o refrão de uma música que eu conhecia de cor.

Mas naquela época era apenas uma casa velha, a três quilômetros de Poppy, do outro lado da estrada da fazenda dos Bell.

Eu me virei.

Poppy estava parada sob a empoeirada luz do sol do meu quarto, usando nada além de um vestido branco fino de verão e a pele com a qual tinha nascido.

Como algo tão suave, maleável e sem falhas como a pele de Poppy podia esconder um coração tão negro? Como não transparecia nada do que estava por baixo, nem um vestígio?

Eu tinha lido *O retrato de Dorian Gray*. E me perguntei se Poppy tinha uma pintura trancada num sótão... uma pintura que estava ficando velha, má, feia e apodrecida, enquanto ela permanecia jovem, linda e com bochechas coradas.

Eu me sentei no colchão sem lençol com um suspiro. Poppy rastejou até o meu colo. Ela beijou o meu pescoço. Suas mãos estavam nos meus ombros, peito, barriga, descendo descendo descendo...

— Não — sussurrei. E depois mais alto. — *Não!*

Levantei Poppy pelo quadril e a coloquei na cama ao meu lado. Seu vestido estava levantado até as coxas, e ela cruzou as pernas nuas, olhou para cima e sorriu.

— Então nunca mais? É isso? Não quer mais nada comigo agora? Você se muda pra essa pocilga e de repente acabou?

Eu a olhei nos olhos.

— Sim.

Ela gargalhou. Ela gargalhou, e aquilo era duro, escorregadiço e frio, como mastigar gelo. Ela se levantou da cama e foi até uma das duas janelas grandes na parede leste, que se abriam para a estrada e para a fazenda dos Bell.

— Você vai morar ao lado *dela* agora. — Poppy deu uma olhada para mim por cima do ombro, com os olhos cruéis e dissimulados. — Da Feral Bell. Isso deve ser interessante pra você.

— Não a chame assim. — Eu me levantei da cama e me juntei a ela na janela. Olhei para além dos três arbustos de lilases, para além do velho poço, do decrépito balanço de corda no carvalho antigo, para além dos pinheiros, para além dos milharais à esquerda que foram arrendadas por uma fazenda vizinha, para além do pomar de maçãs, do outro lado da estrada.

Nossas casas ficavam perto, mesmo com a pista de cascalho entre elas. Eu conseguia ver tudo. Enxergava galinhas correndo atrás de um galo, duas cabras num curral branco, três crianças brincando com um cachorro, e outra subindo a escada de um celeiro vermelho. Dava para ouvir gritos, risadas, canto de galo, cacarejos e latidos. Dava até para sentir o cheiro de biscoitos de gengibre no forno, o cheiro moreno, doce e picante flutuava pela estrada diretamente para o meu nariz.

Parecia tão melhor lá, no mundo de Wink. Muito, muito mais legal do que estar nesse quarto vazio e estranho com uma Poppy *real*.

— Não a chame de quê? *Feral*? É melhor que Wink. Wink é que nem alguma coisa de um livro infantil. *E aí Wink e seu cavalo cor-de-rosa, Caramelo, partiram para a Terra das fadas num caminho feito de nuvens.*

Poppy estava observando a fazenda, atentamente, quase como se tivesse esquecido que eu estava lá.

— Olhe só para todas aquelas crianças correndo ali. Por que Wink tem tantos irmãos enquanto eu não tenho nenhum? Uma vez Leaf disse que eu teria sido uma pessoa melhor se tivesse um irmão ou dois. Ele falou que eu seria "menos egoísta". Como se eu...

— Leaf? — falei. — Leaf Bell? Você o conhecia? O pessoal na escola disse que ele está na Amazônia procurando uma cura para o câncer. Disseram que ele dorme no chão e não come nada além de nozes e frutas, e que fala a língua dos índios Mura como um nativo...

— Cala a boca. — Os olhos dela estavam de volta aos meus. — Só cala a boca, Midnight.

Ela foi até a porta, abriu e saiu.

Voltou.

Ela se aproximou silenciosamente de mim e colocou as pontas de dois dedos no meu coração. Apertou.

— Você e a garota Bell... ficam bem juntos.

Não falei nada, esperando pela piada.

— Estou sendo sincera, Midnight. Devia tentar conhecê-la melhor. Ela correu os dedos até minha bochecha, e desceu com eles pelo meu maxilar, pelo pescoço. — Wink é esquisita e quieta, e você também. Vocês dois deviam ser amigos.

Eu recuei.

— O que você está armando, Poppy?

— Nada. Só estou tentando ser uma pessoa melhor. Estou de saco cheio de ser má, de saco cheio, de saco cheio, de saco cheio. Então estou tentando melhorar. Estou armando você com a garota esquisita do outro lado da estrada. Quero que você seja feliz.

— Não, você não quer. Você nem sabe o que essa palavra significa.

Mas ela só deu de ombros e riu, e foi embora.

Poppy

Eu me esgueirei para a fazenda dos Bell uma vez há alguns anos, e fiquei só olhando o vai e vem, escondida nas sombras das árvores. Fiquei lá por um tempo, e eles nunca sequer olharam na minha direção, nenhum deles, como se eu fosse invisível, como se eu fosse um fantasma.

Eu tinha essa ideia de que ia pegar Leaf desprevenido, e talvez alguma expressão passasse por seu rosto, fugaz mas estaria lá, lá de verdade, e aí eu saberia. Eu saberia que ele pensava em mim.

Ele e Wink estavam do lado de fora com os irmãos, eles fizeram um piquenique e depois jogaram algum jogo com um monte de vaias e gritaria, e ele era diferente com eles, tão diferente, em especial com a irmã morena bonita, ele era desordeiro, barulhento e ria o tempo todo. Eu nunca tinha ouvido sua risada, não a risada *de verdade*, pelo menos. Depois de algum tempo, comecei a me sentir mal comigo mesma, sozinha na mata enquanto eles riam e brincavam juntos, e eu sou a Poppy, nunca me sinto mal comigo mesma, nunca, então fui para casa e nunca mais fiz aquilo.

Na oitava vez que segui Leaf até o palheiro, eu o beijei com toda a minha alma, com tudo de mim, todas as partes ruins e as partes boas também. Eu o beijei e beijei, seu nariz fino e reto, as bochechas sardentas, os ossudos ombros largos, o firme torso branco, mas seus olhos verdes em nenhum momento fitaram os meus, nem uma vez. Então fiquei nua, achei que o impressionaria com minha beleza, mas ele apenas deu de ombros e disse que eu podia ser a imagem cuspida e escarrada de Helena de Troia e continuaria não valendo o ar que respirava.

Sua irmã mais nova o chamou de algum lugar do jardim, e ele desceu sem dizer mais uma palavra. Chorei enquanto vestia as roupas, rápido, rápido, o feno grudado nas dobras me arranhou até eu chegar em casa, mas foi uma sensação boa, como as freiras e seus cilícios, uma punição no caminho para a redenção.

Wink

QUANDO O HERÓI bateu na nossa velha porta de tela enquanto o sol se punha, achei que ele viera para ter sua sorte lida, como todo mundo que visitava nossa casa.

Ele chegou trazendo uma florzinha do campo rosa na mão e me deu assim que abri a porta. Eu não sabia o que fazer com ela então a segurei enquanto ele continuava lá parado, com uma aparência agradável e esquisita, como um menino comum de fazenda antes que o destino bata à sua porta e ele seja forçado a pegar a espada e a estrada.

Deixei-o entrar e, então, antes que eu pudesse mudar de ideia, perguntei se ele queria dar uma volta na floresta.

Ele olhou pela janela para o sol se pondo e, mesmo assim, concordou.

Eu planejava levá-lo pelo caminho que dava na casa de Roman Luck. A casa de Roman Luck era cheia de coisas ruins, tristes e os imperdoáveis, mas eu queria ver o que ia acontecer.

Midnight esperou na cozinha enquanto eu me aprontava. Os Órfãos o cercaram, fazendo perguntas que ele não sabia responder, na maior parte sobre o fantasma de Lucy Rish e se ele já o tinha visto na casa dele, do outro lado da estrada, e se ela jogou maçãs nele ou se elas caíram direto das suas mãos velhas e fantasmagóricas. Ele sorriu e não pareceu se importar com todas as perguntas.

Eu coloquei um vestido verde de algodão porque o espírito das árvores gostava de verde. Fora o vestido de Min quando garota e tinha um cinto branco. Havia um buraquinho nas costas, mas mal dava para ver.

Esqueci de pentear o cabelo antes de sairmos, mas lembrei de polvilhar os braços e o pescoço com açúcar de confeiteiro. Isso atraía os mosquitos, mas estava ventando muito e eu não me preocupei. Além disso, os imperdoáveis iam se alimentar de você, a não ser que você ofereça algo doce a eles. Isso os distrai, e eles te deixam em paz. Basicamente.

Midnight

O INTERIOR DA casa de Wink era tão desorganizado e caótico quanto se esperaria de uma casa repleta de cachorros e crianças correndo loucamente. A cozinha era comprida e retangular. Vi cestas de ovos caipiras na bancada de madeira, tigelas de maçãs e sacos de batatas e cebolas. Havia panelas penduradas em ganchos no teto e uma pilha de roupa lavada dobrada no fim da mesa, e tudo parecia limpo e em ordem, do próprio jeito bagunçado.

As paredes tinham um tom de azul turquesa bem aberto, e havia um forno à lenha funcionando no canto. Tudo cheirava a bolo de gengibre, e a mãe de Wink me ofereceu um pedaço quadrado enquanto eu esperava. Ela era uma mulher baixinha com grandes curvas, olhos verdes atentos e cabelo ruivo comprido, sem nenhum fio branco. Ela usava o cabelo preso em tranças grossas que cruzavam a cabeça num estilo que parecia ao mesmo tempo antigo e também moderno. Vestia algo que parecia uma blusa-camiseta preta e uma saia longa, com muitas cores, e botas pretas com cadarços complicados. Sua aparência era a que se esperaria de uma cartomante... mas também parecia simplesmente ser mãe. Uma mãe que gostava de se vestir de forma interessante e descolada em vez das calças beges e cardigãs de tons pastel.

Minha própria mãe se vestia de um jeito legal. Era escritora e queria que as pessoas soubessem. Ela usava óculos redondos enormes com armação de tartaruga, tinha cabelo castanho cheio e vestia roupas impressionantes e drapeadas, que ela combinava com botas lisas e marrons de caubói. As pessoas sempre a olhavam quando ia ao mercado, e ela gostava disso. Então a mãe de Wink me fez sentir em casa.

O bolo era escuro, quase preto. Tinha gosto de gengibre e melaço. Eu o comi na bancada. Mãozinhas grudentas ficavam se esticando até o tabuleiro enquanto eu estava ali, e ele desapareceu, pedaço por pedaço. Os Órfãos me faziam perguntas enquanto pegavam bolo de gengibre, rápidos, um após o outro, sem esperar pelas minhas respostas, como se as perguntas fossem a única coisa que importasse...

> *Qual é o seu nome?*
> *Você acredita em fantasmas?*
> *Você viu o fantasma que mora na sua casa?*
> *Você consegue correr rápido?*
> *Você já brincou de "Siga os Gritos"?*
> *Você tem cachorro?*
> *Você gosta de barco à vela?*

Tentei contar as crianças. Tentei mesmo. Mas elas não paravam de se mexer, e todas tinham cabelos ruivos e olhos verdes, exceto uma menina de cabelo escuro e olhos castanhos que sorria docemente para mim enquanto pegava seu segundo pedaço de bolo. Decidi que havia cinco deles, mais ou menos. Eles corriam em círculos em volta da mãe de Wink quando ela começou a preparar sopa no fogão, e por fim correram para fora de casa, batendo a porta de tela, seguidos por três cachorros sorridentes, dois Golden Retrievers grandes e um pequeno Terrier branco.

E considerando a minha vida até então, depois de toda a quietude, especialmente agora que Alabama e minha mãe estavam na França... era de se pensar que o pandemônio teria me estressado. Mas não. Eu gostei.

Ouvi passos na escada, e Wink voltou, com um vestido verde que parecia meio fora de moda. Mas o que eu entendia de roupas? Normalmente eu só usava calças pretas e camisas pretas de botão, como Alabama. Ele gostava de se vestir como Johnny Cash, ou como um pistoleiro, sem as pistolas, e imaginei que, se aquilo era bom o bastante para ele, também era bom o bastante para mim.

O cabelo ruivo de Wink ainda estava doido e indomado. Balançava ao redor do rosto pequeno em forma de coração e fazia com que ela parecesse ainda menor e mais nova. Ela sorriu para mim, e eu sorri de volta.

— Como estava o bolo de gengibre? — perguntou ela.
— Ótimo.
— Você conheceu os Órfãos.
— Sim.
— Min pode ler as cartas pra você?

A meu favor, eu só assenti.

A mãe de Wink se virou do fogão e me conduziu até a cadeira mais próxima na comprida mesa de madeira da cozinha. Ela puxou uma pilha de cartas de tarô gastas de algum bolso escondido perto do quadril e as estendeu para mim.

— Escolha três.

Eu escolhi e as coloquei na mesa. Wink e a mãe se debruçaram na minha direção.

Wink apontou para a primeira carta.

— O Três de espadas.
— O Três de espadas é a carta da perda e de relacionamentos acabados — declarou a Sra. Bell. A voz não era sonhadora ou mística, era prática e objetiva, como se estivesse falando do tempo. — As coisas que estão perdidas não serão mais encontradas. O Dois de espadas é a carta das escolhas difíceis, mas o Três de espadas... você já se conformou e tomou sua decisão. Seus pés estão firmes em um caminho. Se o caminho vai ser o certo... — Ela deu de ombros.

Wink apontou para as duas outras cartas.

Um homem e uma mulher nus olhando para cima para um anjo.

Um rei de coroa numa carruagem, com dois cavalos na frente.

— A carruagem e Os enamorados. — Wink sorriu.

— O que significam? — perguntei. Mas Wink apenas deu de ombros e continuou sorrindo um sorriso misterioso de Mona Lisa.

Minha mãe tinha escrito um mistério alguns anos atrás chamado *Assassinado pelo tarô*. Ela visitou diversos tarólogos em Seattle para a pesquisa. Depois contou a mim e a Alabama que alguns foram charlatões, outros foram observadores atentos da natureza humana, e outros foram inexplicável e misteriosamente precisos. E até onde ela sabia dizer, os verdadeiros leitores de cartas não tinham fatores que os conectassem. Alguns eram velhos, alguns jovens, alguns tinham um brilho no olhar e eram animados, alguns eram calados e imparciais. Um deles tinha até acertado o segredo mais profundo da minha mãe... um segredo que ela nunca contara a ninguém. Quando Alabama e eu perguntamos qual era o segredo, ela apenas se afastou e não respondeu.

A Sra. Bell, com o serviço concluído, perdeu o interesse em mim e voltou ao fogão. Wink ficou parada ao lado da minha cadeira, sem dizer nada.

Eu me levantei e a peguei pela mão. Andamos pela cozinha, passamos pela porta de tela, a batemos, cruzamos o jardim, com cachorros latindo alegremente, e fomos para a mata profunda e escura, na direção do pôr do sol.

Um quilômetro e meio de agulhas de pinheiro sendo trituradas sob os pés, a escuridão caindo, árvores altas e negras, a trilha sinuosa da floresta, o ar frio da noite. Ficava frio de noite no alto das montanhas. Mesmo no verão.

Wink segurava a minha mão e não dizia uma palavra.

Poppy tinha dito que eu deveria conhecer Wink. Que deveríamos ser amigos. Mas eu não estava apenas obedecendo ordens. Na verdade não havia nenhum lugar que eu quisesse estar mais do que andando lado a lado, passo a passo, com essa garota Bell.

Seus dedos se mexiam nos meus. Apertados.

— Wink?

Ela olhou para mim.

— Como é? Como é crescer numa fazenda com um monte de irmãos e irmãs e uma mãe que lê as cartas de tarô?

Ela deu de ombros.

— Normal. — Ela fez uma pausa por um segundo. — A sua mãe não é uma autora? Como é ter uma mãe que inventa histórias para ganhar dinheiro?

Dei de ombros, voltando para ela.

— Normal.

Não contei todos os detalhes, sobre a minha mãe ir embora com Alabama. Eu não queria ficar triste. E Wink com certeza ia adivinhar, de qualquer forma, quando não visse minha mãe nem meu irmão por lá o verão inteiro.

A casa assustadora de mansarda de Roman Luck apareceu, quatro chaminés altas contra o céu escuro. Parei e recobrei o fôlego.

Talvez fosse porque estávamos no meio da floresta, perto de uma casa abandonada, com árvores por todos os lados e ninguém-para-escutar-seus-gritos, mas tive um pressentimento ruim de repente.

Tudo estava escuro. Um silêncio denso, denso.

E então escutei uma gargalhada.

E outra.

Vozes abafadas.

Mais gargalhada.

E então vieram as chamas; laranjas e brilhantes, acenando para o céu.

Um garoto se afastou da pilha de madeira, sorrindo, do jeito que os meninos fazem sempre que conseguem acender uma fogueira.

Olhei em volta.

Droga.

Tínhamos andado bem para o meio de uma festa de Poppy.

As festas de Poppy eram eventos reservados, secretos, com a presença do Perigo Amarelo e de alguns puxa-sacos. As festas mudavam de lugar. Algumas vezes eram no cemitério Green William, ou na rua principal coberta de vegetação de uma das cidades abandonadas da corrida do ouro ali perto, ou à margem do rio Curva Azul.

Às vezes eu era convidado para as festas. Na maior parte das vezes, não.

O Perigo Amarelo era o círculo íntimo de amigos de Poppy, era uma referência ao ópio, porque, sabe como é, Poppy, quer dizer papoula. Mas todo mundo só os chamava de Amarelos. Dois garotos e duas garotas, e nenhum deles tinha sequer metade da maldade ou da beleza de Poppy. Ela gostava de ser a líder dos rapazes e dava toda a atenção para Thomas numa semana e para Briggs na seguinte. Só para mantê-los enfeitiçados. As meninas eram Buttercup e Zoe. Elas se vestiam como gêmeas, apesar de não serem. Sempre de vestidos pretos, batom vermelho, meias listradas e um ar ardiloso no olhar. Buttercup era alta e tinha um cabelo preto até a cintura, e Zoe era miúda e tinha cabelo castanho encaracolado e curto, e ambas eram bonitas, mas, definitivamente, não eram irmãs. Eu nunca tinha falado diretamente com elas em toda a minha vida. Elas não importavam. Não quando havia Poppy.

Poppy.

Os Amarelos a cercavam como raios em volta do sol. Ela estava de botas até os joelhos e com uma saia amarela curta e rodada que mal cobria as partes que tinha que cobrir. Usava uma echarpe de seda azul em volta do pescoço fino, e suas coxas eram compridas e tão macias que me deixavam passando mal.

Meu Deus, eu a odiava.

Queria agarrar Wink e sair correndo pelo caminho de onde tínhamos vindo.

Espantei essa ideia e continuei andando.

Os Amarelos me olharam com ar de piedade, como sempre, mas apenas assenti friamente para Poppy e continuei andando, com Wink ao meu lado, como se a gente fosse bem-vindo. Como se a gente tivesse sido convidado.

A fogueira agora estava com chamas de quase dois metros, quase alcançando o precário teto da varanda de Roman Luck, mas ainda não. Fomos até ela, e o calor atingiu a minha pele numa onda. Foi uma sensação boa.

Olhei para Wink, e ela estava com os olhos fechados, de frente para o calor.

Não olhei para trás, para Poppy e os Amarelos.

Vi cinco ou seis garotos não Amarelos da escola. Roupas perfeitas e cabelo brilhante perfeito. A única vez que o pessoal que queria ser dos Amarelos me notou foi quando Alabama estava comigo. Aí as meninas se dirigiriam a mim numa voz realmente doce, para mostrar a Alabama o quanto podiam ser legais com o irmão não popular dele.

Todo mundo sussurrava em vez de gritar e gargalhar, e não havia música, os Amarelos não brigariam por isso. Poppy gostava de silêncio nas festas.

Uma garota chamada Tonisha estava passando jarras de cerveja espumosa amarelo-âmbar de um barril ali perto. Eu sabia que provavelmente era uma IPA artesanal, porque os Amarelos não bebiam nada barato, mas recusei, e Wink também. Soprou um vento vindo do nada, e as folhas se agitaram nas árvores, *uuuuch*, todas de uma vez, daquele jeito que sempre me dá arrepios.

Os dedos de Wink se apertaram de novo. Olhei para ela.

O contraste com Poppy era gritante.

Cabelo liso, loiro, brilhante.

Cabelo ruivo, eriçado, encaracolado.

Alta, magra.

Baixa, pequena.

Eu conhecia o corpo de uma, cada gota, cada centímetro, cada dedo, cada curva.

A outra estava com a mão na minha e era a primeira vez que tínhamos nos tocado.

Ambas eram um mistério.

— Wink?

Ela deu uma olhada para cima, para mim.

— Acho que vou gostar de ter vocês, Bell, como meus novos vizinhos.

Ela assentiu com uma expressão muito séria.

— Vamos ser bons pra você.

Sorri.

— Os seus irmãos e irmãs fazem muitas perguntas.

Ela concordou com a cabeça de novo.

— Eles fazem isso com as pessoas de quem gostam.

Estávamos conversando em frases curtas e rápidas, e não foi nem um pouco como antes, nos degraus da minha casa, quando Wink estava ou falando docemente sem parar sobre *A coisa nas profundezas* ou sendo calmamente silenciosa, com a brisa nos cachos. Acho que ela estava odiando aquilo ali, na festa de Poppy. Eu com toda certeza estava. Afinal de contas, o que era tão divertido em ficar de pé no escuro sussurrando e tomando cerveja?

Talvez eu tivesse cometido um erro não dando meia-volta e corrido de volta pelo caminho. Mas que droga, eu não queria que Wink pensasse que eu era um covarde. Eu já tinha sido um covarde tempo o bastante.

— Essa é uma casa ruim — disse Wink de súbito, olhando para cima, bem para cima, para o telhado prestes a ceder. — A casa de Roman Luck *não* traz sorte. Nunca trouxe.

A casa de Roman Luck ficava a um quilômetro e meio da cidade, e a um quilômetro e meio da fazenda dos Bell, bem no meio. Estava abandonada havia anos, e casas se deterioram rápido quando ninguém cuida delas. Todos os arbustos estavam enormes, o gramado da frente coberto de pinhas. A estrada de cascalho que levava da cidade à casa não passava de agulhas secas de pinheiros e mudas, lutando para crescerem nas trevas.

Eu me juntei a Wink, observando a parte de cima da casa. Grande, cinza e prestes a ruir. As janelas da sacada estavam quebradas, e era possível ver a sombra do grande piano decadente que eu sabia estar lá dentro. Todos nós tínhamos explorado a casa de Luck quando éramos mais jovens; desafiado uns aos outros a entrar, a colocar nossos dedos nas teclas lascadas de marfim, a subir as escadas oscilantes e que rangiam, a deitar na colcha empoeirada e roída pelos ratos que ainda cobria a cama principal.

Eu tinha ficado surpreso que Poppy quisesse fazer a festa ali. A destemida Poppy, que não temia nada... a não ser isso, a casa de Roman Luck. Nem mesmo os Amarelos sabiam o quanto ela odiava o lugar. Apenas eu. Eu estivera com ela no último verão, bem ao seu lado enquanto subia os degraus da varanda, quando depois se recusou a passar pela porta, como um cachorro sentindo um cheiro ruim. Ela riu e disse que casas mal-assombradas eram uma besteira. Mas seus dedos dos pés, perfeitamente pintados em suas sandálias delicadas e caras, nunca cruzaram a soleira da porta que apodrecia.

O desaparecimento de Roman Luck era o maior mistério da nossa cidade. Ele fora um médico jovem e solteiro no hospital onde os pais de Poppy trabalhavam agora. E, quando ele comprou uma casa enorme fora da cidade, no meio da floresta, e a encheu de coisas enormes, as pessoas acharam que ele ia se casar com alguma garota bonita e viver feliz para sempre. Mas ele nunca fez isso. Ele morou na casa por dois anos e nunca deu uma festa ou convidou alguém para jantar. Então, numa manhã, ele não apareceu para trabalhar. Os dias se passaram. Quando a polícia enfim derrubou a porta da frente, encontrou o interior congelado no tempo, como se Roman tivesse acabado de sair para respirar um pouco de ar puro. Havia uma cafeteira na mesa, gelada como pedra, e um prato com um sanduíche comido pela metade, mofado. O leite tinha azedado na geladeira. O rádio ainda estava ligado, tocando antigas músicas de Delta blues... assim disseram os rumores.

— Se eu te contasse o que aconteceu a Roman, você não ia acreditar — disse Wink do nada, como se ela pudesse ler a minha mente. Seus ombros se levantaram e desapareceram no cabelo ruivo bagunçado.

Eu mordi a isca.

— Eu ia sim, Wink. Eu ia acreditar em você.

Wink balançou a cabeça negativamente, mas estava sorrindo.

— Deixa eu adivinhar. Fantasmas fizeram Roman Luck sair gritando pela noite, e agora ele está internado num hospício em algum lugar, doido varrido.

Ela balançou a cabeça de novo.

— A casa é mal-assombrada, mas não foi por isso que Roman foi embora. Às vezes as pessoas simplesmente vão embora, Midnight. Elas percebem que estão no caminho errado ou que estão na história errada e apenas partem no meio da noite, vão embora.

Ali estava a minha chance. Ali estava a oportunidade de eu dizer que sabia tudo sobre pessoas indo embora, que a minha mãe pegou o meu irmão e partiu, não no meio da noite, mas ela partiu da mesma forma.

O momento estava passando, passando, e eu estava deixando...

Wink me lançou um tipo de olhar penetrante, como se ela, de alguma forma, soubesse no que eu estava pensando.

— Min uma vez leu as cartas para uma senhora muito, muito idosa que tinha morado em Paris. Ela contou para a minha mãe que tinha um apartamento, na margem direita, ainda repleto com seus móveis, vestidos e tudo o mais. Ela ainda não tinha voltado lá desde a Segunda Guerra Mundial. Ela falou que um dia decidiu que estava cansada de Paris e da guerra, e nunca mais voltou.

— Isso é verdade, Wink?

— É claro que é verdade. Todas as histórias mais esquisitas são verdade.

E então nós dois paramos de falar abruptamente. Só ficamos parados um ao lado do outro e não conversamos.

Ela estava voltando, a sensação de antes, a sensação tranquila, em paz...

Risada.

Olhei para cima.

Os Amarelos estavam olhando fixamente para nós. Poppy também. Ela falou alguma coisa, e eles riram de novo. E então ela repetiu. Mais alto.

— Aposto que Feral Bell está usando roupa íntima de menininha. Aposto que ela ainda usa calcinha de algodão branca de bolinhas ou de borboletas. O que vocês acham, Amarelos? Será que a gente deveria descobrir?

— Cala a boca, Poppy. — E tentei dizer isso de uma forma cool, do jeito que Alabama diria, mas devo ter errado a mão porque Poppy só abriu um sorriso para mim, grande e lento.

Olhei para Wink, e o rosto dela estava sereno. Calmo.

— Peguem eles — disse Poppy.

E os Amarelos estavam em cima da gente. Os caras seguraram os meus braços, e eu não conseguia me mexer. Buttercup e Zoe foram pra cima de Wink, e ela não se mexeu, nem sequer se esquivou. Só ficou lá parada, com uma expressão tranquila. Quase como se estivesse esperando por isso o tempo todo, e estivesse feliz por aquilo acabar logo.

Os não Amarelos se juntaram ao redor. Observando. Esperando para ver o que Poppy faria em seguida. Tonisha, Guillermo, Finn, Della e Sung. Cabelo chique de rico. Roupas chiques de rico. Rostos chiques de rico.

— Não — falei. — Não, Poppy. Por favor. — Nem tentei soar como o meu irmão dessa vez.

Mas os braços dela dispararam e agarraram a barra do vestido verde de Wink e o puxaram para cima.

As pernas brancas de Wink, meias vermelhas até os joelhos arredondados.

A calcinha da Wink. Branca, com pequenos unicórnios estampados.

Bem como Poppy tinha previsto.

Poppy mostrou e disse:

— Viu?

E gargalhou.

E gargalhou.

Poppy

Leaf se formou e foi embora. Eu estava com 16 anos e não tinha certeza se possuía uma porra de um coração, até que ele se partiu em duas merdas de pedaços, as veias estraçalhadas e sangue por toda a parte. Ele nem me disse pra onde foi, simplesmente partiu e cheguei a vê-lo no dia seguinte à formatura, parado na estrada no fim da minha rua, esperando pelo ônibus, o sol se pondo atrás de sua figura, mochila verde no ombro. Por um instante, pensei que ele tivesse feito de propósito, pegado o ônibus onde eu era obrigada a vê-lo, só que isso significava que Leaf pensava em mim, e eu sabia que não.

Ele fez um gesto com a cabeça para mim quando subiu os degraus, só isso, como se eu fosse a porra de um carteiro ou uma desconhecida na rua. Tentei alcançá-lo, corri até lá, eu era boa em corrida, como era em tudo mais. Eu disparei, me esforcei, mas as portas se fecharam, e o ônibus foi embora, e aquela foi a última vez que o vi.

Eu tinha jurado que nunca mais deixaria um cara me roubar, roubar meu coração, minha cabeça, qualquer partezinha de mim. Tinha jurado milhões de vezes desde que tinha idade o suficiente para saber a diferença.

Mas, mesmo assim, meus joelhos atingiram o chão com um estalo, e me descontrolei, me descontrolei totalmente, um segundo, dois segundos, a cabeça abaixada, os olhos transbordando, mas as pessoas podiam ver, elas deviam estar observando. Eu me levantei e deixei duas marcas ensanguentadas na calçada onde meus joelhos tinham estado.

Pensei em encontrar Zoe e Buttercup e contar tudo, revelar a elas os meus segredos. Eu podia vê-las na minha cabeça, de vestido preto e meias listradas, afagando meus ombros e tolerando graciosamente minha nova vulnerabilidade enquanto perdiam o respeito por mim a cada lágrima que escorresse pelo meu rosto.

Em vez disso fui até a casa dos Hunt e perdi a virgindade com Midnight.

Wink

EU MAL NOTEI quando o Lobo fez o que fez na casa de Roman Luck. Minha cabeça estava tomada pelos imperdoáveis, que estavam me incomodando, mesmo com o açúcar, então comecei a pensar num plano para me livrar deles de uma vez por todas.

Decidi mostrar o palheiro a Midnight. O palheiro é onde os fatos acontecem e as tramas se desenrolam, e eu queria que os fatos acontecessem e as tramas se desenrolassem.

Midnight

WINK NÃO CHOROU nem nada assim. Não sei por que achei que ela faria isso. Os Bell nunca choravam. Esse era um dos motivos pelo qual era impossível provocá-los.

Ela estava quieta enquanto eu a levava para casa, mas estivera bem quieta durante toda a noite. E eu não a conhecia bem o suficiente para saber se ela era assim normalmente. Ela não falava na escola, mas eu também não, e isso não provava nada.

— Você quer conhecer o palheiro, Midnight?

Saímos do meio das árvores de volta para a fazenda. Dois dos cachorros se levantaram de onde estavam dormindo no gramado comprido, perto do galinheiro. Eles se sacudiram e vieram nos cumprimentar com as línguas; delicadas e quentes em constraste com minhas mãos frias.

— Quero sim, Wink.

E ela sorriu, os lábios se abrindo levemente, os olhos brilhantes. Bem assim. Como se já tivesse esquecido que seu vestido tinha sido levantado e a calcinha de unicórnio vista por uma dúzia de garotos da escola.

Como ela fazia isso? Como ela não ligava?

Eu estava admirado com ela de repente.

Eu ficava admirado com Poppy. Todos aqueles anos atrás, rindo dos seus joelhos pingando sangue na beira da entrada da minha garagem, com a bicicleta caída ao seu lado.

Era assim que eu era.

A casa de Wink estava escura, e imaginei que devia ser quase onze horas. Mas as luzes ainda estavam acesas na minha casa do outro lado da estrada, o que era típico. Com frequência, papai lia e trabalhava até bem tarde da noite. Nós dois éramos criaturas noturnas. Mamãe e Alabama eram pessoas diurnas.

Andei até a escada onde tinha visto Wink mais cedo. Coloquei a mão num degrau e comecei a subir. Nunca fui muito fã de altura, esse era o meu irmão, que costumava pular de despenhadeiros no lago alpino perto do Kill Devil

Peak. Mas nunca entendi por que arriscar a vida por uma boa queda.

Para cima, para cima. Minhas mãos estavam suadas, e a palma direita escorregou. Olhei para baixo, para a cabeça ruiva de Wink, subindo atrás de mim, e me senti bem de novo. Cheguei ao topo da escada e coloquei um dos joelhos na abertura quadrada, e depois o outro, e estava dentro do palheiro.

A luz branca aguada da lua fluía entre as fendas nas tábuas, então dava para enxergar bem. Wink entrou rastejando atrás de mim, com rapidez e facilidade, como se tivesse feito aquilo um milhão de vezes, o que eu acho que fizera.

O feno tinha um cheiro bom. Meio doce e seco, como serragem. Havia fardos quadrados em toda parte, por todo o grande recinto, arejado e de teto anguloso. A maior parte estava empilhada contra uma das paredes, mas o chão também estava coberto por um tapete grosso de feno.

Wink pegou alguma coisa do chão e botou a mão livre no bolso. Escutei um som tipo *fzzzt,* e então uma chama cortou a escuridão. Ela acendeu o lampião que estava segurando e o colocou de volta no chão. O palheiro se encheu de sombras.

— Isso não é perigoso? — perguntei. — Um lampião com todo esse feno?

Wink fez um doce gesto de desprezo, agitando os dedos das mãos.

— Até hoje não ateamos fogo em nada.

Pensei na Sra. Bell e em como ela deixava os filhos fazerem o que queriam e em como, de alguma forma, eles todos ainda estavam vivos e se dando bem. Meu próprio pai era gentil e compassivo, mas sua Lista de Proibições tivera quilômetros quando Alabama e eu éramos crianças. Ele assumiu total responsabilidade por nos manter vivos, e não tivemos permissão de esquiar no gelo no lago Troll ou de descer de trenó o morro Alabaster ou caminhar por qualquer uma das trilhas solitárias da floresta que pudesse esconder pumas ou ursos. Aquilo chateava Alabama mais que a mim, já que ele nasceu com um fascínio pelo perigo.

Algumas vezes eu me perguntava se era por isso que a minha mãe preferia Alabama, porque ele corria riscos, gostava de se colocar em perigo, era empolgado e não ligava para as coisas que não importavam. Alabama tinha o cabelo preto sedoso, o maxilar alto e os olhos pretos estreitos do pai. E, embora nenhum de nós dois jamais tivesse o conhecido, eu tinha uma impressão de que o pai de Alabama era empolgado e fascinado pelo perigo, como o meu irmão.

Acho que foi por isso que a minha mãe se apaixonou por ele.

— É para os cavalos — comentou Wink. Ela afundou no alto de uma pilha de sessenta centímetros de talinhos claros, soltou um grande suspiro e pareceu... feliz. — O feno, quero dizer.

— Vocês têm cavalos? — Vi uma mesa pequena e surrada com dois banquinhos num canto do celeiro. Havia brinquedos por toda parte, bolas, bonecas, cordas para pular, um maço espalhado de cartas, livros e um velho cavalo de balanço de madeira sem o rabo.

Wink assentiu e colocou os braços atrás da cabeça.

— Eles moram numa grande área cercada perto da velha mina Gold Apple. Min os comprou de um homem em Sleepy Peak. Ele disse que eles estavam muito velhos para cavalgar. Então agora a gente só os deixa correrem soltos por lá no verão. Algumas das construções da mina ainda estão de pé; existe um pequeno riacho, mas não tem estrada e ninguém nunca vai até lá. Os cavalos comandam o lugar. A gente volta com eles e os mantêm aquecidos aqui no inverno. Min tem um coração mole com os animais.

Eu me sentei ao seu lado e me inclinei, bem como ela fez, colocando os braços atrás da cabeça. Achei que o feno ia pinicar, mas não.

— Por que você chama a sua mãe de Min? — perguntei, já que eu estava mesmo começando a pensar naquilo.

Wink virou e apoiou a cabeça no braço. Suas sobrancelhas ruivas se inclinaram uma na direção da outra.

— Por que, como você chama a sua?

Seu rosto estava a sessenta centímetros do meu, mas o cabelo era tão volumoso que se espalhava entre nós e cutucava o meu queixo.

— Eu não a chamo de nada no momento. Ela pegou meu irmão mais velho, Alabama, e foi pra França alguns meses atrás. Ela é uma escritora de mistério e está ambientando uma série por lá, alguma coisa histórica sobre os Cátaros.

Soltei um suspiro de alívio. Aquilo não tinha sido tão difícil quanto imaginei.

Wink foi a primeira pessoa para quem contei.

— Quando ela vai voltar?

Dei de ombros. Wink estendeu a mão, segurando o meu pulso. Ela mexeu as pontas dos dedos para lá e para cá, delicada e suavemente, da mesma maneira que ela havia acariciado os cachorros mais cedo, bem entre as orelhas. Sua mão era pequena, quente e muito, muito boa.

— Por que o seu nome é Wink? — perguntei, do nada. Ela olhou para mim daquele seu jeito doce e fixo.

— Sei lá. Por que o seu nome é Midnight?

— A minha mãe disse que é porque eu nasci à meia-noite, bem na badalada da zero hora. Mas o meu pai diz que eu nasci ao amanhecer, bem quando o sol estava aparecendo. Então, quem sabe.

Wink só concordou com a cabeça e voltou a passar os dedos pelo meu punho.

Ela estava fazendo aquele negócio de novo, aquele negócio sem falar, que fazia eu me sentir sonhador e em paz.

— Me desculpa — falei depois de um tempo. — Me desculpa, Wink. Poppy botou você no radar e é culpa minha.

— Tá tudo bem — respondeu Wink com a voz sussurrada. — Ela só estava tentando te constranger através de mim. Ela queria fazer você se sentir desamparado.

Wink. Para uma garota com uma expressão perdida-numa-floresta-encantada no olhar, ela parecia bem esperta.

— Não a deixe vencer, Midnight. Não se sinta constrangido ou desamparado. Assim ela não vai ter poder algum sobre você.

— Mais fácil falar do que fazer. — Wink tinha uma sarda em forma de coração, bem acima do buraco da parte interna do cotovelo do braço esquerdo. Combinava com o rosto em forma de coração. Eu queria tocar nela. Queria colocar a parte carnuda do meu dedão bem em cima dela.

Ela sorriu para mim, bem grande, e aquilo fez suas orelhas ficarem salientes até parecerem com as de elfos.

— Então todo mundo viu a minha calcinha de unicórnio, Midnight. E daí? Repita comigo. *Então todo mundo viu a calcinha de unicórnio de Wink. E daí?*

Dei um sorriso largo e repeti.

— *Então todo mundo viu a calcinha de unicórnio de Wink. E daí?*

— Pronto — disse ela e riu, a risada dela era repleta e alta e vibrava como as teclas do piano de brinquedo que eu tive quando criança. — Daqui a cem anos, quem vai ligar para a minha calcinha de unicórnio? Quem liga agora? Existem coisas maiores pra se pensar.

— Coisas maiores tipo o quê?

— Batalhas e guerras. Causas perdidas e amores perdidos. Mistérios não solucionados e anéis mágicos e *Entre os dragões*. Caminhos de fadas. Bruxas devoradoras de crianças e bruxas salvadoras de crianças. Locais inflamáveis e cachorros com olhos arregalados.

Foi o máximo que ela já tinha falado até então, e sua voz ficou cada vez mais calma perto do final até que as palavras eram quase uma canção de ninar.

— Estou usando minha voz colocando-os-órfãos-para-dormir — informou Wink.

— Eu podia dormir bem aqui no feno — falei. E bocejei.

— Midnight?

— Quê?

— O que você quer ser?

— Você quer dizer, o que eu quero fazer, tipo, se quero ser um escritor como a minha mãe, ou um negociante de livros raros como o meu pai?

— Isso.

Uma brisa soprou pela abertura do palheiro e agitou o lampião. A chama tremulou, e as sombras no celeiro saltaram.

— Eu quero ser um caçador de tesouros.

Eu provavelmente deveria ter dito algo realista e normal. Algo tipo "jogador profissional de futebol" ou "diretor de filmes" ou "investigador particular".

Esperei que ela gargalhasse. Poppy teria gargalhado. Mas Wink só olhou para mim.

— Mas eu não quero encontrar relíquias, tipo a Arca da Aliança. Quero encontrar música e arte. Quero descobrir composições perdidas de Bach em monastérios alemães. Quero localizar as pinturas que faltam de Vermeer e Rembrandt, e as peças perdidas de Shakespeare. Quero andar devagar por castelos e fuçar pelos sótãos e procurar pelos porões.

— Você seria bom nisso — declarou Wink.

E eu não estava mais com vergonha da minha confissão, nem um pouquinho, embora nunca tivesse admitido meus sonhos de caçar tesouros para ninguém a não ser Alabama.

Wink sorriu para mim, e suas orelhas se destacaram de novo.

— O que *você* quer ser?

Ela fez um som de *hummm* suave.

— Eu quero ser uma João Pestana. Quero entrar pela janela das crianças e assoprar seus pescoços suavemente, e salpicar areia em seus olhos. Quero inventar histórias e sussurrá-las nos ouvidos das crianças, e proporcionar bons sonhos a elas. — Ela inspirou e expirou, as costelas magras se expandindo no estranho vestido verde. — Às vezes faço isso com os Órfãos. Quando tem uma tempestade e eles estão se revirando na cama. Sento ao lado deles e sussurro até que adormeçam profundamente.

Ela estava olhando para o teto do palheiro, e eu estava olhando para ela.

— Que tipo de histórias você inventa?

— Bom, eu tenho uma história sobre uma garota bruxa cruel e egoísta chamada Fell Rose. Ela lança um feitiço numa vila inteira e transforma todos eles em escravos, os faz dançar conforme a sua vontade como se fossem marionetes em cordas... exceto um garoto de cabelo escuro chamado Isaac que descobre a fraqueza dela e tira os seus poderes.

— O que acontece? — perguntei, já fisgado. — O que acontece com Fell Rose e Isaac?

Ela virou a cabeça para o lado e encontrou meus olhos.

— Eles viram amigos. — Ela fez uma pausa. — Os Órfãos sempre caem no sono antes de eu chegar ao final. Mas acho que eles viram amigos.

Nós dois paramos de falar por um tempo, e eu absorvi o silêncio confortável.

— Quantos irmãos e irmãs você tem? — perguntei um pouco depois.

Wink não me respondeu, só fez um som de *hummm* de novo.

— O que aconteceu com o seu pai? Você lê cartas de tarô que nem a sua mãe? O seu irmão mais velho, Leaf, foi mesmo pra Amazônia?

De repente eu estava cuspindo perguntas, mas não me sentia constrangido, nem um pouco.

Wink só riu, he he he. Ela ficou encarando o teto alto do celeiro, esticou os braços acima da cabeça e suspirou.

— São cinco Órfãos — disse ela. — Sem contar o que partiu.

Mais tarde descobri que basicamente não havia jeito de arrancar a verdade diretamente de Wink quando ela não queria. Então foi tudo que consegui como resposta.

Alguns minutos se passaram, e observei o perfil de Wink na luz fraca do celeiro, seu narizinho de boneca e o queixo pontudo.

Naquela manhã, eu tinha ficado parado ao lado da minha casa nova, olhado para a casa de fazenda do outro lado da estrada, me perguntando se finalmente havia conseguido deixar Poppy para trás.

E agora ali estava eu, num palheiro com Wink Bell, e mais feliz do que estivera desde mamãe, Alabama e a França.

— Você vai se vingar? — perguntou Wink do nada com sua voz sonolenta. — Você pegou o Três de Espadas, e acho que isso significa que planeja se vingar. Acho que você quer punir Poppy, como o Ladrão puniu *A coisa nas profundezas* quando ele a atraiu para fora do castelo ao ar livre, para poder lutar com ela sob o céu azul, no sol.

— Vingança de Poppy? Não. Tudo o que eu quero é escapar dela.

— Mas os heróis se vingam. É o que eles fazem.

— Achei que os heróis salvassem as pessoas e trouxessem finais felizes.

— Sim, mas primeiro vem a vingança e deixar-as--coisas-erradas-certas.

E achei que Wink ia sussurrar algo no meu ouvido quando ela se inclinou para a frente, algo mais sobre heróis, ladrões, vingança e Fell Rose e o garoto...

...então quando ela colocou os lábios nos meus, eu me contraí.

Ela ficou parada por um segundo, e então tentou de novo.

Se eu tivesse pensado nisso, teria achado que Wink ia beijar que nem uma menininha, já que ela ainda meio que se parecia com uma. Doce, delicada e tímida. Dois selinhos rápidos e aí fugiria.

Mas os beijos dela eram... famintos, experientes, com prática e *vontade.*

Ela agarrou meus braços e depois meu cabelo e levou meu rosto ao dela, e, quando meus lábios tocaram seu pescoço, a pele era doce como açúcar.

Poppy

EU TINHA CONQUISTADO os Amarelos no meu segundo ano porque pessoas do meu calibre precisam de um séquito.

Thomas era tão machucado e triste o tempo todo, um lar destruído e uma irmãzinha morta, e era uma daquelas pessoas que sentia tudo muito profundamente; e Briggs era o oposto, mal-humorado, temperamental e empolgado como os Lulus da Pomerânia briguentos que moravam do outro lado da rua. Deixei Thomas e Briggs completamente malucos o ano inteiro, e eles eram só a cereja do bolo, depois de Midnight.

Eu era o centro, o sol, e todos eles estavam girando ao meu redor...

Não, Poppy, você não é nada. Você não é absolutamente nada.

A voz de Leaf no fundo da minha cabeça, no fundo do meu coração, se aproximando de mim, se arrastando como um lobo na floresta. Eu gostava de tirar onda com ele de que não tinha medo de nada, mas ele sabia. Ele sabia que bem no fundo tenho pavor de ficar velha e feia, e que tudo vai se voltar contra mim, minha crueldade vai ecoar pelas minhas rugas e manchas na pele, e todo mundo vai parar de fazer o que eu quero ou de me ouvir ou, pior ainda, esquecer completamente de mim.

Mas pretendo morrer enquanto ainda estiver jovem e linda, como Marilyn Monroe, me aguardem.

Buttercup era filha de uma estrela de cinema das artes marciais que nunca estava por perto. Ele a deixou aqui em Broken Bridge junto com a esposa, e só voltava nas férias, e a mãe de Buttercup era alta, bonita e elegante, com cabelo comprido e com balanço preto, tal mãe, tal filha. Eu a tinha visto uma vez na feira de orgânicos e uma vez na livraria, mas acho que ela não falava inglês, não muito bem.

Zoe era a líder das duas, apesar de Buttercup falar tudo. Zoe gostava de ficar à sombra em público, mas em segredo ela tomava todas as decisões, dava todas as ordens, as pessoas podem te surpreender assim, se prestar atenção, o que na maior parte do tempo eu não faço. Zoe vinha de uma família amorosa, os pais eram cheios da grana e liberais, e a deixavam fazer tudo que ela quisesse, tipo, se ela virasse para eles um dia e dissesse, *Mãe, pai, resolvi que quero ser uma banana, é quem eu sou*, eles iam ficar tipo, *Então vamos escolher um tecido amarelo na cidade*.

Eu meio que odiava Zoe por isso quase o tempo todo, mas às vezes eu ficava meio que encantada com ela também, tipo como as pessoas puxam o saco da realeza inglesa, correndo atrás de cada pedacinho dourado de informação pessoal reluzente, como cachorros esfomeados.

Eu me aquecia com sua vida alegre e sonhava acordada em ser uma garota fadinha com cachos castanhos e pais que não davam a mínima pra nada.

Uma vez Zoe, Buttercup e eu estávamos esfregando lápides no Cemitério Green William porque era isso que elas queriam fazer e eu estava tentando ser mais caridosa e deixá-las fazer o que queriam às vezes. O tempo tinha virado, o sol ido embora e Leaf me encontrou quando eu estava passando meu pedaço de carvão pelo milésimo *Aqui jaz o corpo de*, as nuvens escuras chegando.

Ele me falou para segui-lo, e eu o segui, largando o papel transparente e o carvão sem dar satisfação pra Zoe e pra Buttercup, nem pensei nelas, elas não existiam mais. Fomos até a floresta e disse a Leaf o quanto estava tentando ser melhor, como eu não era tão má, não de verdade, não lá no fundo, eu só era ruim quando *queria* ser, pelo menos, eu podia evitar, eu podia parar a qualquer momento. Ele riu e disse que eu não tinha salvação e era triste. Mas, quando me apertei contra suas costelas esqueléticas, ele apertou também. Ele colocou as mãos nas minhas bochechas e os lábios na minha testa e só me segurou *e me segurou e me segurou* até o céu dar uma pancada e a chuva começar a cair.

Ali eu jurei ser melhor, tentar com todas as forças, colocar todo o meu coração naquilo até que eu o sentisse comprimido. Eu seria mais legal com os meus pais, tentaria ser o que eles achavam que eu era, eu seria uma amiga melhor para Zoe e para Buttercup, ia parar de torturar todos os garotos e deixá-los seguir em frente e encontrar alguém que pudesse amá-los de volta. Eu ia conseguir, ia mesmo, fique firme, Poppy, fique firme, fique firme.

Elas durariam algumas horas, todas as boas intenções, por alguns dias, mas aí eu voltaria a ser cruel, cruel, cruel, apreciando cada gotinha daquilo na minha língua.

Wink

Eu não devia ter beijado o Herói. O beijo devia acontecer bem no finzinho. Depois do monstro, e da luta. Depois do caixão de vidro e da alfinetada de sangue. Mas Midnight estava lá, deitado no feno, e os olhos pareciam tristes, e o cabelo estava se enrolando sobre a maçã do rosto. Eu queria segurar seu coração na mão, ir até seu peito e aconchegá-lo na palma, como um dos gatinhos recém-nascidos da Nah-Nah com suas listras tigradas delicadas e olhos ainda fechados.

Uma vez li para os Órfãos um conto de fadas chamado *Gigante, coração, ovo*. Era sobre um troll que mantinha o coração escondido num ovo em um lago distante, para que não pudesse ser morto. Eu gostaria que o coração de Midnight estivesse escondido bem longe num lago distante. Eu queria montar guarda por ele. Eu queria ter certeza de que ele ficasse seguro até o felizes para sempre.

Leaf disse que ler um livro fora da ordem era perigoso porque as coisas tinham que acontecer um, dois, três, quatro, cinco. E, se não acontecessem, se o quatro viesse antes do dois, o mundo inteiro ficaria de cabeça para baixo e coisas ruins viriam à noite.

O que aconteceria agora que eu tinha colocado o fim da minha história no começo? O meu mundo ficaria de cabeça para baixo? O de Midnight ficaria?

Leaf nunca falava. Quase nunca. Ele era como o papai. Ele era como a grande coruja de chifres com garras sanguinárias em *A menina bruxa e o garoto lobo*. Ele raramente falava, e, quando o fazia, você escutava.

Uma vez Leaf me disse que não havia absolutamente nenhuma diferença entre os contos de fada dos Órfãos e o nariz na minha cara, porque os dois eram tão reais quanto eu achava que eles eram.

Midnight

LUZ DO SOL nas minhas bochechas.

As janelas do meu antigo quarto, na casa da cidade, ficavam viradas para o oeste. Então eu acordava com uma luz fraca mesmo quando o céu estava azul.

Mas o meu novo quarto rangedor era duas grandes janelas repleto de leste. Levantei os dedos e os estendi na luz quente e amarela do sol, um atrás do outro, como se eu tivesse superpoderes. Como se eu estivesse lançando raios laser de luz do sol.

Meu antigo quarto tinha carpete, verde discreto, paredes brancas e um closet sensato.

Meu novo quarto tinha um guarda-roupas velho empenado que veio com a casa, uma lareira que funcionava e um piso inclinado de madeira que fazia um som legal de palmada quando meu pé batia nele.

Eu tinha arrancado as empoeiradas cortinas amarelas no dia anterior e deixado as janelas sem nada. Então meu quarto era só a cama, as janelas nuas, duas estantes pretas de livros (lotadas) e uma cômoda. Mais o guarda-roupas já mencionado. Nada nas paredes. Pensei que podia colocar o mapa da Terra Média que Alabama me dera de Natal, bem em cima da cama, talvez. Mas só. Eu gostava do espaço vazio.

Mamãe dizia que eu era um minimalista. Mas Alabama era um acumulador como ela, e as caixas infinitas de coisas acumuladas de ambos agora estavam no porão de tijolo mofado, entupindo-o até o teto. Eu me perguntei se algum dia eles iam voltar para buscar tudo aquilo, ou só começar a acumular novas coisas na França.

Papai não parecia ligar para as caixas. Ele não ligava para quase nada que tivesse relação com mamãe ou Alabama.

Papai amava meu meio-irmão tanto quanto me amava... e talvez isso devesse ter me irritado, já que Alabama ficava com a maior parte do amor da minha mãe, e também metade do amor do meu pai. Mas eu ficava meio que encantado com a capacidade do meu pai de amar um filho que não tinha seu sangue. Acho que o Alabama também ficava. Ele e mamãe pensavam parecido a respeito de basicamente tudo, mas com papai... ele sempre cedia, mesmo quando não concordava.

Eu costumava flagrar Alabama na porta do escritório do meu pai, observando-o enquanto ele se debruçava sobre seus livros raros. Ele tinha uma expressão suave nos olhos, um sorriso discreto no rosto e toda aquela cena era bonita.

Eu sentia saudades do meu irmão.

Fui até as janelas, apoiei as mãos no peitoril e inspirei o ar, a grama, o sereno e as pinhas com cheiro de verde do verão. As folhas das macieiras brilhavam sob o sol da manhã, feito estrelas.

A luz atingiu meu peito nu, e eu me inclinei na direção da claridade.

Eu gostava de estar no campo. Combinava mais comigo do que a cidade.

Três crianças ruivas estavam perambulando pela fazenda dos Bell. Os cachorros estavam latindo alegremente para um bode marrom e branco, e uma das crianças tinha subido nas costas do bicho gritando *Aiô, Silver, aiôooo...* mas o bode só ignorava todo mundo, parado e comendo umas flores do campo que cresciam perto de uma velha bomba d'água vermelha.

Não vi Wink.

Fechei os olhos. Aquela menina fazia eu me sentir como se estivesse sonhando. Sonhando em plena luz do dia.

Acho que ela daria um bom João Pestana.

Depois dos beijos no palheiro, Wink tinha se aconchegado a mim, de forma confiante e natural, como se tivesse feito aquilo a vida inteira. Suas pernas magras se aninharam entre as minhas, as palmas das mãos abertas sobre o meu peito. O rosto tão apertado no meu pescoço que dava para sentir quando ela piscava, os cílios delicados na minha pele.

Antes do palheiro, eu só tinha beijado Poppy. Poppy fazia tudo sem falhas, perfeito. Ela sabia exatamente onde colocar seus lábios e os meus.

E, ainda assim, os beijos de Poppy eram frágeis e suaves, como asas de borboleta ou migalhas frescas de pão.

Mas Wink beijava... profundo.

Profundo como um caminho escuro e nebuloso da floresta.

Um caminho que levava à sangue, amor, morte e monstros.

Ela beijava com *desejo*.

Eu tinha sentido esse desejo antes. Eu havia desejado Poppy o ano inteiro, com tanta força que achei que podia explodir em chamas, uma combustão espontânea de desejo. Mas eu nunca tinha sentido nenhum desejo de volta.

Eu me espreguicei no ar fresco, me esticando pela janela, e sorri.

Quem diria que havia tanta coisa se passando dentro de uma menina pequena, de cabelo ruivo e macacão de botões de morango?

Alabama namorava um monte de garotas. *Um monte de garotas.* As garotas eram atraídas para ele como moscas para o mel, como crianças para poças, como gatos para feixes de sol.

Uma vez eu perguntei a ele se gostava de alguma menina mais do que das outras. Se alguma delas significava algo. Estávamos caminhando para casa depois de um filme de terror bem tarde da noite. Eu me lembro dos saltos das botas de Alabama fazendo barulho na rua de paralelepípedos que levava à nossa antiga casa. Meu irmão parou de andar e olhou para mim. Ele sempre usava o cabelo comprido, além dos ombros. Às vezes ele os prendia com uma tira fina de couro, mas não naquela noite. Eles estavam esvoaçantes na brisa de verão, tremulando pretos depois azuis depois pretos de novo na luz amarela da rua.

— Midnight, você conhece Talley Jasper?

Eu conhecia. Talley era um enigma. Tinha cabelo castanho até a cintura e tocava violoncelo, estava sempre arrastando aquele instrumento enorme por aí. Ela se sentava sozinha no almoço, lendo um livro enquanto comia uma maçã. Ela estava sempre comendo maçãs. Os pais eram donos de uma marca de roupas supercaras, mas ela nunca se comportou como as outras crianças ricas, mimadas, agressivas, convencidas e escandalosas. Ela era legal com a criançada impopular, e metida com os populares. Uma vez ela sorriu de forma doce para mim quando tropecei no pé dela sem querer na cantina. Ela falou, *Tudo bem, Midnight* e foi embora, e eu me lembro de ficar muito contente porque ela sabia o meu nome.

— Talley tem mais ideias na cabeça do que qualquer um que eu conheci. E algum dia vou descobrir quais. Enquanto isso, estou só esperando o momento certo.

Recomeçamos a andar, viramos no nosso quarteirão. Chegamos na enorme casa de Poppy, gramado perfeito, pilares brancos perfeitos, mirante perfeito ao lado. Eu diminuí o ritmo. Alabama também.

— Como você sabe aquilo sobre Talley? Como pode pressentir?

— Só tenho uma sensação. — Alabama sorriu. — Além disso, teve a vez que cruzei com ela bem tarde da noite perto do rio Curva Azul, onde ele faz a curva no fim da cidade. Ela estava de pé na margem, olhando as estrelas. Ela se virou, me pegou a observando e aí... — Os olhos de Alabama brilharam do mesmo jeito que os da minha mãe brilhavam quando ela falava sobre uma nova ideia para um livro. — E aí ela me agarrou com as duas mãos, grudou minha camisa nos punhos, chegou junto e me beijou. E ela nunca disse uma palavra. Ainda não dirigiu uma palavra a mim. Uma vez esbarrei com ela no corredor da escola e toquei seu braço quando passei. Ela olhou para mim e sorriu, mas continuou andando. É isso. Então espero.

Alabama deu uma risadinha, desencanado e preguiçoso, e então mamãe chamou da janela de cima, querendo que ele fosse ajudá-la com um pedaço da sua história. Ele abriu a porta e foi até lá.

Eu ainda estava repleto de amor por Poppy quando Alabama me falou de Talley. Era o verão anterior, e eu estava preso a ela, como uma nuvem macia e branca numa tempestade negra. Eu não fazia ideia do que o meu irmão estava falando.

Mas agora eu sabia.

Eu me perguntei se Alabama sentia a falta de Talley, na França. Eu me perguntei quanto tempo ele ia esperar por ela.

Encontrei meu pai no sótão. Ele tinha escolhido o espaço como seu novo escritório/biblioteca, o que significava que ele tivera que levar seis milhões de caixas pesadas de livro dois lances rangedores de escadas para cima no dia anterior.

Papai gostava de juntar coisas, como mamãe e Alabama, mas juntar era o negócio dele, então ele tinha desculpa.

Dei uma xícara de chá-verde para ele. Mamãe e Alabama tomavam café e nada mais. E meu pai tomava chá-verde e nada mais. Eu ainda não tinha certeza do que tomar.

Papai pegou o chá, tomou um golinho e sorriu. Ele estava desempacotando livros velhos de aspecto enrugado e catálogos de leilão. Tudo estava uma bagunça, o que me deixava meio maluco. Eu gostava das coisas arrumadas.

O teto anguloso significava que o meu pai tinha que se abaixar sempre que andava até os cantos do cômodo estreito e retangular. Vigas expostas e poeira. Mas ele parecia gostar.

Notei que ele tinha colocado a foto de casamento na escrivaninha antiga. Meu pai não estava entregando nada sobre seus verdadeiros sentimentos em relação à mamãe ter ido embora com o meu irmão. Então eu procurava pistas onde podia.

Coloquei as mãos na madeira polida e me inclinei mais para perto.

Meu pai com um terno marrom, parecendo espantado, olhões abertos. Mas minha mãe estava com seu sorriso largo e lindo, aquele que deixava seus olhos meigos e brilhantes.

E, se às vezes eu achava que seu sorriso naquela foto parecia genuíno, mas um pouco forçado, bem, eu provavelmente só estava divagando.

— Então você estava conversando com a Bell mais velha ontem — disse papai, sem olhar para mim, os olhos no livro verde de couro em suas mãos.

— É.

— Eu gosto dela — acrescentou ele.

Mas o que ele queria dizer era *Eu gosto mais dela do que de Poppy.*

O meu pai soube o que Poppy era no instante que ela entrou pela nossa porta a primeira vez. Ele a teria colocado na *Lista de proibidos* se pudesse. Eli Hunt respeitava a maturidade como ele respeitava a privacidade. Ele deixou que nós dois, tanto eu quanto Alabama, fizéssemos nossas próprias regras depois que completamos 16 anos. Para o bem ou para o mal, agora eu estava no controle da minha vida.

Poppy

Houve uma grande tempestade alguns anos atrás, ela derrubou árvores e casas, e fez o rio Curva Azul transbordar, e todo mundo só pensava nisso, foi empolgante, a destruição é empolgante, não importa o que digam. Eu fui até o rio só para vê-lo enchendo, e para ver o que tinha sido arrastado em seu caminho violento, móveis de pátio, brinquedos, animais mortos.

Encontrei Leaf de pé na margem, apoiado em uma árvore, a centímetros da correnteza lamacenta em turbilhão, fazendo a mesma porra que eu.

— É lindo — comentou ele, depois de estarmos sob a pancada de chuva havia um tempo e ambos termos assistido a uma porta de madeira avermelhada passar flutuando, depois uma bicicleta azul, depois um par de botas pretas, grudadas pelos cadarços, e depois uma raposinha, de barriga para cima, com as patas mortas na barriga.

Fui bastante ao palheiro depois que Leaf partiu no ônibus. Às vezes os pestinhas Bell estavam lá, mas, quando não estavam, eu subia a escada e me sentava no sol, no feno, quieta.

E agora Midnight estava morando ao lado deles, bem do outro lado da estrada. Imagino que ele tenha achado que estava melhorando de vida e escapando de mim, tá, se isso fosse assim tão fácil, se fosse, se fosse, por que todo mundo à minha volta é tão indiscutivelmente idiota? Eu quero gostar das pessoas, quero mesmo, mas elas são todas tão *idiotas*.

Eu já tinha sentido Midnight se afastando de mim antes de ele se mudar para aquela casa suja de fazenda. E aí o encontrei falando com Feral nos degraus e ele estava prestando *tanta* atenção nela, no cabelo ruivo, nas sardas, na esquisitice, fiquei enjoada só de pensar naquilo.

Bom, se Midnight queria ficar com Wink e os contos de fada, o palheiro, a calcinha de unicórnio e o macacão, então eu ia mostrar a ele quem era ela. Eu ia mostrar mesmo.

Wink

MIDNIGHT ME ENCONTROU quando eu tirava ovinhos azuis debaixo de uma das lindas sedosas brancas. Levei-o para a cozinha e preparei olhos amarelos poché na torrada para ele e para os Órfãos. Você precisa de uma panela grande com água fervendo para fazer olhos amarelos poché, o que eu gosto porque usar uma panela grande com água fervendo me faz sentir uma bruxa.

Min estava na sala de leitura, então também fiz café. Ela não gostava que eu bebesse café. Ela dizia que me daria sonhos sombrios. Não dei nem um pouquinho para os Órfãos, só para mim e para Midnight, bebendo golinhos da mesma xícara azul, com creme e açúcar mascavo.

O Herói ficou parado mais próximo de mim depois do palheiro. E também olhou para mim de um jeito diferente.

Falei para ele os nomes dos Órfãos, e colhemos morangos do jardim. Mostrei a ele como atolar os dedos dos pés na lama escura. Comemos as frutinhas maduras, suculentas e quentes do sol, como Laura e Lizzie em *O mercado dos goblins*. "Pelo seu bem, eu desafiei o vale. E tive de fazê-lo com mercadores goblins. Me devore, me beba, me ame. Herói, Lobo, faça de tudo comigo. Com braços que abraçam e lábios que alertam, com bochechas e dedos formigando, arrulhando juntos."

Midnight

O DIA ATÉ agora:

Ovos e todo mundo, café da manhã, brincadeira de pique-esconde, limpeza de ervas daninhas do grande pomar quadrado entre a casa e o celeiro, brincadeira de pique-pega com os cachorros, Min fazendo salada Caprese com azeite dourado e manjericão e tomates frescos para o almoço, todos nós comendo de pé em frente à mesa da cozinha, eu desenhando um mapa do tesouro para os Órfãos, todos nós seguindo-o até o pasto nos fundos, cavando buracos com pás enferrujadas, procurando tesouros.

Quando o sol ficou muito quente, fui para casa pegar meu equipamento. Moedas, lenço, cartas, argolas de aço. Tudo estava numa caixa no porão. Eu tinha deixado escondido desde que Poppy encontrou aquilo vários meses antes e me provocou por semanas. Fiz meus truques de mágica para Wink e companhia no palheiro, e as crianças ficaram paradas, olhos arregalados e sem nem sequer falar. Wink me observou atentamente e sorriu seu sorriso de repuxar orelha.

Depois que guardei meus objetos de mágica, Wink tirou *A coisa nas profundezas* do bolso do macacão e começou a ler. Ela se sentou numa colcha velha jogada por cima de uma pilha de feno, descalça, de macacão, com os Órfãos à sua volta, e eu. O sol estava se derramando pela abertura do palheiro, baixo e enevoado. Que era o único jeito de eu perceber o quanto estava tarde. O tempo parecia ter parado completamente. Eu não tivera um dia passado de forma tão sonhadora, tão preguiçosa, desde que era um menininho. Desde antes de eu entender o conceito de tempo.

As pontas dos dedos de Wink ainda estavam manchados de morangos, pintinhas avermelhadas minúsculas enquanto ela virava as páginas. Seus lábios também estavam manchados. Eu os observei enquanto se moviam com as palavras, a boca vermelha como sangue.

Bee Lee se aconchegou ao meu lado, a cabeça apoiada em mim.

Os Órfãos eram três meninos e duas meninas. Todos ruivos, a não ser Bee, que tinha cabelo castanho-escuro. Bee tinha acabado de completar 7 anos. Eu sabia disso porque foi uma das primeiras coisas que ela me falou. Os gêmeos eram Hops e Moon, o mais velho era Felix e a última de todos era a pequena Peach, a caçula. Os gêmeos de 10 anos eram os mais pestinhas. Eles sempre pareciam estar tentando superar o outro. Quem conseguia gritar mais alto? Quem conseguia fazer os cachorros uivarem? Quem conseguia enfiar mais feno dentro da camisa do outro? Depois deles veio Peach, que tinha uns 5 ou 6 anos, mas a mesma impetuosidade escandalosa e encapetada dos gêmeos. Felix tinha uns 14 anos e o mesmo olhar do irmão mais velho, Leaf. Ele era mais quieto que os outros, apesar de seus olhos serem intensos o bastante.

Bee Lee já era a minha preferida. Ela era carinhosa e meiga como o Bichon Frisé que eu tive quando era pequeno. Ela sempre estava tentando apertar a mão na minha, ou colocar o bracinho gorducho ao redor da minha cintura.

Wink tinha uma linda voz de leitura. Delicada e lenta. Ela leu sobre o Ladrão, sobre a morte do pai dele e a profecia. Leu sobre a jornada dele até a Floresta Amaldiçoada, apenas ele e suas roupas nas costas e a espada que seu pai deixou. Leu sobre como ele tinha que furtar comida, maçãs de pomares e tortas dos peitoris de janelas para não morrer de fome. Leu sobre como ele se sentava perto de sua pequena fogueira à noite e cantava as velhas canções para não se sentir solitário.

Ouvimos Min gritar *janta* bem quando Wink leu a última palavra do quinto capítulo. Ela deslizou o livro de volta para o bolso. Os Órfãos se levantaram rápido e partiram para a casa, Bee Lee me lançando um sorriso tímido por cima do ombro antes de disparar escada abaixo.

Olhei para Wink, e ela estava olhando para mim.

— A gente deveria ir jantar? — perguntei.

Ela deu de ombros.

Fiquei de joelhos. Coloquei os dedos na lombar dela e beijei seu umbigo, por cima do macacão de algodão. Ela colocou as mãos na minha cabeça, as pontas dos dedos manchadas de morango no meu cabelo. Virei o queixo e inclinei a bochecha contra a dela.

— *Que porra é essa?*

Estremeci. As mãos de Wink caíram dos lados do corpo. Abri os olhos. Fechei. Abri de novo, larguei Wink e me levantei.

Poppy.

Wink recuou, um movimento lateral silencioso para as sombras no canto. Poppy a ignorou. Ela estava usando um outro vestido curto e esvoaçante, do tipo que mostrava mais do que escondia. Era verde, da mesma cor dos olhos de Wink.

— Você não estava em casa e o seu pai não quis me dizer aonde você tinha ido. Ele sempre me odiou. — Ela fez uma pausa e passou a mão pelo cabelo, alisando os fios, chamando atenção para aquilo. — Mas eu imaginei.

— Você está invadindo — falei. — Essa é a fazenda de Wink. Você não é bem-vinda. Ela não te quer aqui.

Poppy gargalhou.

Ela me agarrou pela frente da camisa e me puxou para ela. Depois estreitou os olhos para a escuridão atrás de mim.

— Isso é verdade, Feral? Você não me quer aqui?

Wink permaneceu nas sombras.

Poppy largou da minha camisa e andou para o escuro. Ela enrolou os dedos em volta da tira direita do macacão de Wink e a puxou, um passo, dois, de volta à luz fraca da tarde no centro do palheiro. Wink a seguiu, mansa como um cordeirinho.

Poppy tirou uma mecha encaracolada do cabelo de Wink da bochecha. Wink não a deteve.

— Você acha que Midnight é um príncipe que veio te salvar de ser uma fracassada? — Poppy manteve os dedos no rosto de Wink. — É isso que você acha? Aposto que você o beijou na noite passada, depois que mostrou sua calcinha de unicórnio pra todo mundo na festa. Aposto que você se esfregou toda nele. Vocês da família Bell, vocês não são nada além de animais. Sujos e loucos por sexo, como um bando de cabras fedorentas.

— *Para com isso, Poppy.*

Eu não gritei. Nem levantei a voz. Mas ela tirou a mão da bochecha de Wink e se virou.

— Você está protegendo a sua nova namoradinha, Midnight? Uau, que fofo! — Poppy colocou a mão no quadril e fez um movimento brusco com o tronco até que o vestido balançou contra as coxas, esfrega esfrega. — Como é que você aguenta? Como é que você aguenta beijar uma coisa pálida, sardenta e suja dessas? São só os hormônios? É algum tipo de Testamento ao Órgão Sexual Masculino? Eu devia tomar notas? Organizar um estudo acadêmico?

— Você é tão *má*. — Eu falei aquilo baixinho, bem baixinho, mas ela estava escutando. Por que você sempre é tão má? O que tem de errado com você? Você nasceu assim? Às vezes eu acho que deve ter um buraco no seu coração... um buraco que machuca e te faz rugir feito um animal com a perna numa armadilha. É isso, Poppy? É por isso?

Poppy apenas olhou fixamente para mim. Entrou uma brisa de fim de tarde, ela agitou o feno e todos apenas ficamos ali, parados.

Ela se virou.

Andou até a escada.

Desceu.

Foi embora.

E aí Wink estava ao meu lado, escorregando a mão na minha.

— Vamos jantar — disse ela.

E sem nem olhar, eu sabia que ela estava sorrindo. Dava para ouvir na voz dela, sentir em seus dedos, as pontinhas de morango pressionando a minha palma.

Poppy

— Você encara Leaf Bell. Você encara muito ele.

— Muito — ecoou Zoe, seus cachos castanhos curtinhos idiotas se mexendo enquanto ela concordava com a cabeça, ela e Buttercup olhando para mim. As duas moravam uma ao lado da outra, sempre tinham morado uma do lado da outra. Elas apareceram no jardim de infância, fazendo aquele troço bizarro, muito bizarro de gêmeas, usando as mesmas roupas, repetindo as frases uma da outra e falando em uníssono. Elas têm cabelos diferentes, peles diferentes, olhos diferentes, uma é alta, a outra é miudinha, mas por um bom tempo eu mal conseguia diferenciá-las. Apesar de, para ser sincera, eu nunca ter tentado de verdade.

A gente estava sentada nas arquibancadas, depois de correr, o cabelo molhado do chuveiro deixando marcas ensopadas nas nossas camisetas. Buttercup e Zoe corriam de shorts pretos, camisetas pretas e meias listradas até os joelhos, teria sido menos risível se elas não levassem aquilo tão a sério.

Os meninos estavam na pista, Leaf na frente, ele sempre estava na frente. Ele era o melhor corredor da nossa escola de mil e trezentos alunos, levamos o título estadual nos dois anos anteriores, e ele era o motivo.

— Leaf é abominável. — Buttercup.

— Todos os Bell são abomináveis. — Zoe.

— Não são? — Elas disseram esse último pedaço juntas, no estilo gêmeas.

— Cala a boca, Buttercup. Cala a boca, Zoe.

E em seguida elas trocaram um sorriso secreto, sugestivo. Tive vontade de dar uns tapas nas duas, mas em vez disso falei que, se elas mencionassem o nome de Leaf de novo, eu ia espalhar um boato de que tinha flagrado as duas beijando o novo professor gatinho de matemática, o Sr. Dunn, no fundo do cemitério, perto do mausoléu dos Redding, o capim alto deixando-os fora de vista. Os detalhes fazem uma mentira, tudo está nos detalhes, Buttercup e Zoe já sabiam disso a essa altura. Eu havia ensinado a elas.

E elas nunca mais disseram o nome dele de novo, mesmo no dia em que ele foi embora, mesmo depois de eu contar pra elas sobre Midnight e o que eu tinha feito.

Quando encontrei Midnight no palheiro com a bochecha na barriga de Wink e as mãos dela no cabelo... a expressão no rosto dele... e Feral olhando para ele... Tinha algo acontecendo entre eles, algo que não estava nos planos.

Leaf foi embora.

E agora Midnight.

De novo, não. De novo, não, de novo, não, de novo, não, de novo, não.

Wink

O HERÓI FAZ truques de mágica. Não os de verdade, como Min e Leaf, mas do tipo bonitinho que não tem absolutamente nenhuma mágica real. Ele os mostrou para mim e para os Órfãos no palheiro.

Bee Lee o encarou durante todo o jantar. Bee tem um coração mole, que nem a *banshee* de olhos vermelhos em *A banshee da piedade e os dançarinos do luar.* A Piedade vagava pela terra procurando um amor perdido, os lamentos noturnos como salgueiros suspirando ao vento.

Bee Lee vinha sentindo a falta de Leaf desde que ele foi embora, e Felix não presta atenção nela do mesmo jeito, eles são muito próximos em idade, diz Min. Mas Midnight... ela olhava para ele com um olhar encantado, e ele não ligava nem um pouco.

O Lobo veio ao celeiro de novo, mas Midnight fez o que deveria fazer. Ele me defendeu, como um Herói. Ele a espantou, de volta à escuridão.

Min leu as minhas folhas de chá de novo mais tarde, depois que Midnight foi para casa. Mas ela não me falou o que elas disseram.

Midnight

OS AMARELOS ESTAVAM de pé num semicírculo, comendo tomates-cereja carnudos e vermelhos direto de uma sacola de papel marrom.

Wink e eu tínhamos ido à cidade visitar o Carnegie, e nossas mochilas estavam pesadas com livros. Tomamos sorvete de azeite da barraquinha Salt & Straw numa esquina, e compramos pipoca de parmesão e manteiga do Johnny's na outra. Estava anoitecendo, e as sombras pareciam ficar mais compridas. O ar cheirava a flores do campo, capim e neve. Nas montanhas o ar sempre cheirava à neve. Mesmo no verão.

Descemos os paralelepípedos barulhentos da travessa Dickenson Rose, acenamos para minha antiga casa, ignoramos a de Poppy, fizemos carinho num São Bernardo tranquilo atrás de uma cerca branca e passamos pelo Cemitério Green William na direção da floresta.

Os Amarelos estavam bloqueando o caminho do Roman Luck. O caminho do Roman Luck era o atalho que levava à casa de Roman Luck e à fazenda Bell, e era nosso único caminho para casa, a não ser que quiséssemos andar quase cinco quilômetros extras nas estradas normais. E já estava quase escuro.

Buttercup e Zoe jogavam tomates-cereja na boca uma da outra, lábios bem vermelhos se fechando ao redor de tomates bem vermelhos. Seus vestidos pretos e meias listradas brigando com as árvores viçosas atrás delas. As duas estavam com mochilas em forma de caveira combinando, apesar de as aulas terem acabado fazia tempo. O cabelo preto de Buttercup estava preso numa trança apertada e lisa, e Zoe tinha alisado os cachos curtos em um look estrela de cinema dos anos 1930. Elas nos lançaram em um olhar atravessado enquanto mastigavam, sementes de tomate no queixo.

Thomas e Briggs estavam de pé com os braços cruzados e a cabeça inclinada para lados opostos. Deliberadamente. Deviam estar brigando por Poppy. De novo.

Buttercup e Zoe engoliram e depois falaram ao mesmo tempo.

— Oi, Midnight. Oi, Feral.

Elas nunca tinham falado comigo diretamente antes. Eu nunca tinha me importado com isso.

Onde é que estava Poppy? Ela havia colocado as duas para fazer isso, sem dúvida, então onde é que ela estava?

— Se quiserem usar o atalho, vocês têm que passar num teste — falou Buttercup, e assentiu com seu rosto oval, rápido, rápido, a trança preta golpeando o ar.

— Vocês têm que passar num teste — repetiu Zoe.

Thomas e Briggs só nos encararam e comeram mais tomates. Thomas era bronzeado, loiro e atraente daquele jeito ferido e triste que as garotas sempre gostavam. E Briggs era magricelo, espirituoso, bom nos esportes e rico pra caramba. Eles podiam ter qualquer garota, mas eram fantoches de Poppy, bem como eu havia sido.

Suspirei.

— Do que você está falando, Buttercup?

— É um teste do beijo. Vocês têm que passar num teste do beijo. — Balança a cabeça, balança a cabeça.

— O que é um teste do beijo? — perguntou Wink, com a voz baixa, as mãos nos bolsos fundos.

— Vocês dois têm que se beijar, e depois vocês dois têm que beijar Poppy, e aí a gente vota. Se a gente gostar do que vir, deixa vocês entrarem na floresta. — Zoe dessa vez. Ela pegou a mão de Buttercup, os dedos se entrelaçando. As duas se viraram para nós, perversos sorrisos gêmeos.

Briggs jogou um tomate para cima e o pegou com a boca, perfeito e fluido, como se estivesse posando para um pôster de garoto americano.

— Não sei por que a gente não pensou nisso antes — comentou ele, ainda mastigando. — É perfeito. Amanhã vou ficar na ponte Curva Azul e fazer as pessoas se beijarem antes de poderem passar. E talvez eu também cobre uma grana delas.

— Como em Os *três cabritos rudes* — comentou Wink. Suavemente.

— O que você quer dizer? — Os olhos de Briggs se cravaram nos dela. — Você está me chamando de cabrito?

Wink só deu de ombros e pareceu tranquila.

— Eu não sou um cabrito, Feral Bell. *Você é* a cabra. Isso mesmo, Poppy contou pra gente como você e Midnight estavam no palheiro, fazendo coisas abomináveis...

— É um conto de fadas — Thomas se aproximou de Wink, de um jeito quase protetor. E aquilo meio que me irritou porque esse não era o meu papel? Mas eu também entendia porque Wink provocava esse efeito num cara.

— Que porra é essa que você tá falando? — Briggs levantou a cabeça e alargou as narinas.

— Os *três cabritos rudes* é um conto de fadas sobre um troll que mora embaixo de uma ponte e tenta comer qualquer um que passe. Todo mundo conhece essa história, Briggs.

Buttercup e Zoe assentiram, com um ar de muita esperteza.

— Todo mundo — disseram juntas. — Todo mundo conhece.

—- Quem lê contos de fadas, porra? Contos de fadas são para bebês...

Poppy saiu de trás de uma árvore. Vestido cinza combinando com os olhos cinzentos, botas pretas até os joelhos. Ela estava sorrindo o mesmo sorrisinho do Gato de *Alice no País das Maravilhas* que Buttercup e Zoe, mas trazia com as mãos levantadas num gesto de submissão.

— Paz, galera. Paz. Quando a gente perceber, vai estar tão distraído brigando que não vai notar esses dois escapando bem debaixo do nosso nariz, como se fossem os heróis espertos e malandros, e nós os vilões ignorantes num livro infantil.

Ela olhou para mim. *Um olhar penetrante.*

— E não vou deixar isso acontecer, porque quero ver como a sua namoradinha de calcinha de unicórnio beija, Midnight. Quero ter certeza de que ela seja boa o suficiente pra você. Os Amarelos vão observar todos nós e aí me ajudar a decidir se eu posso permitir que um ex-amante meu fique com essa garotinha sardenta do curral.

Minha cabeça ficou a mil por hora com todas as coisas de luta que Alabama tinha me ensinado: *Fique relaxado, dobre os joelhos, chutar não é covardia, esteja preparado para correr...*

— Cinco contra dois, não tô nem aí. Não vamos fazer isso, Poppy. Eu deixaria os seus Amarelos me enfiarem a porrada antes de obrigar Wink a te beijar.

Mas de repente a mão de Wink estava no meu braço, e ela a estava esfregando daquele jeito delicado.

— Tá tudo bem, Midnight. Vamos fazer isso e seguir em frente. — Ela ficou na ponta dos pés, com os lábios no meu ouvido. — Eles querem que você brigue com eles.

Não dê a eles o que querem. Vamos entrar no jogo e agir como se a gente não desse a mínima.

Ela desceu dos calcanhares, se virou e andou até Poppy. Colocou as mãos sardentas nas bochechas perfeitas de Poppy, passou os dedões pelas sobrancelhas loiras arqueadas de Poppy, puxou seu rosto para baixo...

E a beijou.

Ninguém nunca tinha pegado Poppy de surpresa antes. Nenhuma vez.

Um segundo... dois...

E aí os ombros de Poppy relaxaram, os olhos se fecharam...

Os lábios começaram a se mexer sob os de Wink...

O beijo continuou. E continuou. Suave e lento e lábios e garota, garota, garota.

Thomas e Briggs pararam de comer tomates e de parecer mal-humorados e agressivos. Eles se inclinaram para a frente, os ombros quase se tocando agora.

...o beijo...

Buttercup e Zoe ficaram de mãos dadas encarando. A boca de Zoe estava um pouco aberta.

...o beijo...

Agora a luz estava fraca, num tom de azul misterioso, e a floresta tinha ficado escura, e tínhamos prometido a Min que estaríamos em casa uma hora atrás.

...o beijo...

Wink se afastou. Só isso. Pá. Ela colocou as mãos de volta nos bolsos, deu meia-volta e foi até onde eu estava.

— Sua vez — falou Wink, e me deu o seu sorriso em que a orelha repuxava.

Eu não fiz aquilo.

Só peguei a mão de Wink e passei direto por Poppy atordoada e pelos Amarelos atordoados, para a floresta sombria, sem nem mais uma palavra.

Ninguém tentou nos deter. Ninguém falou absolutamente nada, a não ser Poppy, que chamou o meu nome, só uma vez. Mas eu não me virei.

Poppy

AQUELA RUIVINHA ATREVIDA, atrevida, atrevida.

As coisas estavam começando a ficar meio fora do controle, mas eu sabia que ia conseguir dar conta, sou a Poppy, pelo amor de Deus. Eu nunca desisto, nunca, isso não faz parte de mim.

Falei para Briggs me encontrar à meia-noite no meu quintal entre os arbustos de lilases, e depois falei para Thomas ir até o meu quarto às onze, e nós dois estávamos basicamente pelados quando Briggs encontrou a gente, bem como eu tinha planejado, Thomas com as mãos deslizando pelas minhas costas nuas, e eu com o rosto no cabelo loiro e os joelhos segurando seu quadril, bem como ele gostava.

A irmã mais nova de Thomas morreu, ela se afogou no rio Curva Azul quando tinha 8 anos, e Thomas devia estar tomando conta dela quando tudo aconteceu. O pai deles ficou louco, ele está numa instituição e é considerado perigoso para si mesmo e para os outros, e Thomas, ah como ele é triste, como ele se preocupa comigo sempre que eu fico de bobeira perto do rio, tem medo de que eu escorregue e desapareça num instante, bem como a irmãzinha morta, e eu gosto da sua tristeza, gosto mesmo, mas não é o bastante, não é o bastante para me deter.

Briggs jurou se vingar de Thomas, como um personagem num livro, e eu ri alto e perguntei se eles iam duelar ao nascer do sol porque eu gostaria de apostar em quem ia matar quem... e aí Briggs virou a raiva dele contra mim, e meu *Deus!*, eu estava com os dois na maldita palma da mão, era *tão* fácil. Briggs falou que eu merecia o que estava prestes a me acontecer, que eu tinha manipulado os dois e transformado a amizade deles em cinzas, bem dramático, especialmente para Briggs; eu não poderia ter desejado nada mais perfeito nem se eu tivesse pedido a uma estrela cadente.

Thomas começou a chorar, lágrimas suaves e silenciosas escorrendo pelas bochechas bronzeadas, e vou te contar, ele era gato até quando chorava, bem como Midnight, e eu senti uma pontada no coração naquela hora, só uma pontada, só uma vaciladinha. Thomas não xingou ou fez ameaças como Briggs, mas é com os quietos que é preciso ficar esperto.

Wink

O Herói jantou com a gente e depois pediu para ver o meu quarto, mas eu dividia com Peach e Bee Lee, então não o levei até lá. Min tinha uma leitura tarde da noite, e os gêmeos estavam acampando na floresta. Felix já tinha uma namorada, nesse aspecto ele era igual a Leaf, e os dois tinham pedido para ficar no palheiro. A garota dele era bonita e delicada, com bochechas rosadas e olhos tímidos, mas Min tinha passado o Sermão sobre a Felicidade e os Bebês para Felix recentemente, então eu não estava preocupada.

O garoto de *Os três cabritos rudes* tinha cabelo escuro e olhos de duas cores. Azul e verde.

Olhos de duas cores diferentes queriam dizer muitas coisas.

Uma maldição.
Azar.
Loucura.
Uma alma deformada.
Um pacto com o demônio.
Um segredo de família.
Uma mentira.
Uma criança trocada.
Uma promessa quebrada.

Levei Midnight ao jardim, e ele se espreguiçou na terra com a cabeça nos morangos enquanto eu contava meus segredos nas suas costas nuas, meus dedos desenhando as letras coluna acima.

Ele me perguntou sobre o meu pai de novo.
E sobre Leaf.
Ele tentou me fazer falar sobre o beijo com o *Lobo*.
Mas eu não disse nem uma palavra.

Midnight

— MIDNIGHT.

Hálito quente na minha pele. As cobertas roçaram um corpo ao lado do meu, grudado, de conchinha. Será que eu estava sonhando? Será que tinha um João Pestana na minha cama, sussurrando no meu ouvido, assoprando no meu pescoço? Mantive os olhos fechados, espreguicei os dedos. Queria enrolá-los no cabelo ruivo cacheado.

Mas eles passaram direto, água, seda.

Senti o cheiro de jasmim.

Poppy.

— Escalei o cano de esgoto. — Ela se virou, beijou o lóbulo da minha orelha. Devagar. — Três quilômetros na escuridão da noite. Passei por uma floresta e subi um muro. — Ela se insinuou. Serpenteou. Pele macia por toda parte. — Por acaso eu pareço o tipo de pessoa que deixaria uma garota ruiva do curral com calcinha de unicórnio roubar o que é meu? Você é meu, Midnight. Por quanto tempo eu te quiser.

Os lábios no meu pescoço, no peito, na barriga...

— Para, Poppy.

Ela não parou.

— *Para*, Poppy.

Ela parou.

— Beleza. *Beleza*, Midnight. Será que então você pode apenas me abraçar? Posso ter pelo menos isso?

Eu abracei. Encaixei a cabeça dela embaixo do meu queixo e pousei a mão aberta no seu ventre, abrindo os dedos até que tocassem seu quadril.

Ela nunca me deixava abraçá-la.

Acho que ela estava preocupada *naquele* nível comigo e Wink.

Ela estava certa por estar preocupada.

Quando eu estava voltando a cair no sono, as pálpebras se fechando, Poppy se esquivou dos meus braços e me acordou de novo. Ela foi até a janela e olhou para fora, para a fazenda dos Bell, o luar emoldurando-a. Uma brisa entrou que mexeu seu cabelo pela curva das omoplatas, para lá e para cá, apenas alguns centímetros.

— Sabe, uma vez Leaf me contou algo sobre a irmã maluca. — Poppy se virou e me deu um sorriso malicioso por cima do ombro, o velho sorriso malicioso, aquele dos seus tempos de gangue e joelho ralado. — Ele disse que a casa de Roman Luck assustava Wink de um jeito que ela ficava fora daquela cabecinha esquisita e confusa. Falou que a casa dava pesadelos na irmã quando criança, pesadelos tão ruins que ela fazia xixi na cama.

Poppy gargalhou, calma, dura e cruel.

— Talvez a gente devesse começar a chamá-la de Xixi. Xixi Bell.

— Boa. — Falei de um jeito preguiçoso e indiferente, igual ao meu irmão, para que ela soubesse que eu não queria dizer aquilo.

— Acho que a gente devia fazer Wink encarar o próprio medo. O que você acha, Midnight?

Aonde é que Poppy estava indo com isso? Wink não pareceu estar com medo da casa de Roman Luck quando estávamos na festa. Eu teria percebido se ela estivesse apavorada. Não teria?

Poppy estalou os dedos, um, dois, três, e então deslizou de volta para a cama. Ela sentou e cruzou as pernas nuas, e estava tão linda que eu queria me jogar pela janela.

— Tenho uma ideia, Midnight. Uma ideia *brilhante*. Quer ouvi-la?

— Não.

Ela só gargalhou.

— Vou dizer a Wink que você quer encontrá-la amanhã à meia-noite na casa de Roman Luck. Vou dizer que você quer ficar sozinho com ela, sozinho mesmo, nada de pirralhos Bell, nada de palheiro. Vou dizer também que você é muito tímido para pedir você mesmo.

— Ela não vai acreditar em você, Poppy.

— Vai sim. Sou uma atriz fantástica. Vou fazê-la acreditar. — Poppy gargalhou de novo, baixo, para o meu pai não escutar. Ele ainda estava acordado, os passos fazendo o meu teto ranger. — Vai ser tão lindo. Tão *perverso*.

— Não vai não. Não vai mesmo.

— Vai, *sim*. Quando ela chegar lá, vou amarrá-la ao grande piano e deixá-la por lá. Sozinha. Ela vai ter que passar a noite inteira sentada na sala de música da casa assombrada de Roman Luck, com seus fantasmas. Vai ser sensacional.

— Não faça isso, Poppy. Por favor. — Parei de tentar soar como Alabama. Apenas soei como eu mesmo de novo.

Poppy se inclinou para a frente e beijou a base do meu pescoço. Lentamente.

— Você vai me ajudar a fazer isso? Você vai participar?

— Não.

— Vai, Midnight. Me ajuda.

— Não. Nunca.

Seus beijos eram lânguidos. Suaves. Perfeitos.

— Se você não me ajudar, Midnight, vou fazer algo pior. Os lábios, minha pele...

Droga, droga, droga.

— Se você não me ajudar, vou botar fogo no palheiro e no celeiro e dizer que foi Wink. Vou dizer que ela é maluca. Vou dizer que ela é perigosa. Vou dizer que ela é uma mentirosa. Vou dizer que ela me atraiu para a floresta e tentou me matar. Vou dizer que ela me empurrou no rio e tentou me afogar. Vou dizer que ela...

— Tá bom, *tá bom*. — Coloquei a mão nos seus lábios para impedi-la de me beijar de novo. — Tá bom, vou fazer isso.

Ela levantou os braços no ar e deu um gritinho estridente. Era sussurrado e baixo, mas ainda assim um gritinho estridente.

Até os gritinhos de Poppy eram sexy.

— Mas Poppy, você tem que prometer que depois disso vai deixá-la em paz. Essa é a última pegadinha. A *última*. Tá bom?

Poppy cruzou os braços no peito nu, jogou o cabelo e sorriu.

— Eu sabia que você ia mudar de ideia.

— Me prometa que isso vai parar, Poppy.

Silêncio.

— *Prometa*.

— Vai parar. Depois dessa última pegadinha.

— E também não quero nenhum dos Amarelos por lá. Eles vão fazer muito barulho, e ela vai suspeitar de algo. — Estreitei os olhos, voltando a imitar Alabama. — Wink é esperta. Mais esperta do que você imagina. Só você e eu nessa, tá bom?

— *Uau*. Você está sendo tão macho alfa e exigente essa noite. Estou impressionada. E nunca fico impressionada, especialmente com você.

Ela se inclinou...

Coloquei as mãos nos ombros de Poppy e a empurrei.

Ela deixou escapar um gemido fofo e infantil.

— *Beleza*. Nada de Amarelos e nada mais de pegadinhas.

Ela sorriu de novo.

E então passou a perna esquerda por cima do meu corpo e sentou sobre os meus quadris.

— Eu não perderia isso ao seu lado por nada nesse mundo. Por nada no mundo. Wink, Roman Luck, você e eu, vai ser tão divertido, *tão* divertido.

Ela se debruçou até nos tocarmos, peito com peito, pele com pele.

Lábios. Baixo, baixo, baixo.

E eu queria odiar aquilo.

Queria que revirasse meu estômago, me deixasse enojado, me enchesse de horror. Mas não.

Poppy

Escondi bem, mas estar com Midnight na sua cama me provocou uma sensação familiar, uma sensação nostálgica, como estar na cabana de meu avô quando eu era pequena, sete anos atrás, antes de ele tirar a neve num dia frio, sofrer um ataque cardíaco e morrer. Seu nome era Anton Harvey, e meus pais geralmente me deixavam com ele quando iam para os seus congressos médicos. Nenhuma única vez meu avô me chamou de *anjinho* ou *docinho*. Ele não dava a mínima para o meu cabelo loiro angelical ou para os meus grandes olhos cinzentos e nem para a minha boca de querubim. E ele nunca me deu presentes cor-de-rosa com laços de fita.

Anton Harvey era grosso e caladão, e me mostrou como eviscerar peixes depois que os pescávamos no rio, e ele não ficava chateado por eu gostar daquilo. Quando ficava na cabana com ele, eu usava camisas de flanela, galochas Wellington e tranças, e às vezes passava horas seguidas sem falar nada, só pescando ou seguindo rastros na neve ou sentada na varandinha, esperando uma tempestade chegar.

E bem na hora em que eu comecei a pensar *Isso aqui vale a pena, aqui está uma pessoa que posso realmente admirar, ele não é burro burro burro como os outros, é alguém que posso admirar de verdade, alguém que eu entendo, alguém que eu poderia até amar, só me dê uma pequena chance*, ele resolveu morrer.

Midnight

— POPPY ESTÁ planejando algo, Wink.

Estamos ao ar livre, mãos dadas, bebendo água gelada direto da bomba de água vermelha.

— Eu sei. — Wink bebericou a água das mãos de um jeito fofo. — Ela passou aqui mais cedo. Me encontrou no celeiro e disse que você queria me encontrar na casa de Roman Luck meia-noite.

Poppy era rápida. Uma vez que ela se decidia sobre uma coisa, disparava como um cão de caça. Ela sempre foi assim. Na primeira vez que dormimos juntos, ela já estava seminua quando atravessou a porta do meu quarto, como um foguete.

— Poppy acha que sou bem burra mesmo. — Os olhos de Wink estavam ainda mais verdes sob a luz do sol, e havia pequenas gotas de água em seus lábios.

Os Órfãos estavam no dentista. Wink me contou que Min não confiava em dentistas, mas os levava assim mesmo. Eu conseguia ouvir o meu pai do outro lado da rua, pelas janelas abertas do sótão, falando ao telefone com um de seus clientes. Ele usava palavras estrangeiras sobre livros raros tão frequentemente que era quase como se falasse em outro idioma.

— Ela quer amarrar você naquele piano velho para que passe a noite no casarão. — Com o dedão, limpei as gotinhas de água do seu lábio superior, e ela sorriu quando o fiz. — Leaf aparentemente contou a ela que você tinha medo daquele lugar.

Wink balançou a cabeça.

— Leaf nunca contou isso a ela.

— Então você não tem medo da casa de Roman Luck?

— Todos deviam ter medo da casa de Roman Luck.

Uma cabra se aproximou e deu uma cabeçada de leve nas pernas de Wink; ela acariciou o pelo de volta.

Como eu já disse, arrancar informações precisas de Wink era mais difícil que conseguir alguma gentileza de Poppy.

Wink continuou com uma das mãos na cabra, mas cravou os olhos nos meus.

— Sabe como o Ladrão tem uma ideia do caminho que deve seguir pela Floresta Amaldiçoada? O caminho que o leva até a *bruxa* na cabana escondida, com os seus melancólicos olhos azuis e cabelo prateado?

Concordei com a cabeça.

— Lembra-se de como a bruxa tenta enganá-lo, mas ele é quem a engana em vez disso?

Concordei de novo.

— E em seguida ele deixa o corpo dela na mata, sabendo que os lobos vão aparecer ao anoitecer.

— Exatamente.

E então Wink agitou as pontas dos dedos daquele jeito que eu gostava.

Poppy estava planejando enganar Wink, Wink estava planejando enganar Poppy, e eu estava bem no meio das duas.

Estava quente, mas uma brisa agradável soprava, e, de alguma forma, eu me senti meio sonhador e em paz, apesar de tudo. Wink causava aquele efeito em mim.

Naquela tarde bebemos café da xícara azul, com a terra do jardim entre os dedos dos pés. Sentamos debaixo da macieira do meu pomar, o céu aberto, nuvens gordas, os dedos fazendo cócegas na água fria do pequeno córrego em curva, que tinha a largura de uma régua, no máximo. Perguntei qual era o nome do córrego para Wink, e ela disse que não havia um, mas que vinha do rio Curva Azul e por isso ela o chamava de Pequeno Curva Azul.

— Sempre quis ter meu próprio riacho — confessei. — Que pena que ele segue para o sul antes de chegar à sua fazenda... Sinto como se eu o estivesse monopolizando.

— Tudo bem. Quero que o riacho seja seu. — Ela sorriu para mim. Seus dedos eram pálidos, um branco sombrio sob a água. — Sabe o que é radiestesia, Midnight? Meu pai sabia fazer. Eu o vi fazendo uma vez.

Olhei surpreso para ela. Wink se esquivara de cada uma das perguntas que eu fiz sobre o pai até então. Cada uma delas. E agora aqui estava, oferecendo respostas livremente.

— Algumas pessoas nascem com a habilidade de encontrar água no subsolo... — Wink se debruçou, e as pontas do cabelo mergulharam na corrente. — Já vi papai encontrar uma fonte sob o pasto perto da mina Gold Apple, onde mantemos os cavalos. Ele estendeu um galho, que começou a se contorcer rapidamente. Então ele soube. Um dia pretendo juntar todos os Órfãos, e cavar naquele local até a água sair borbulhando. E assim teremos um lago para nadar.

— Por que não fazemos isso hoje, Wink? Eu gostaria de cavar até uma nascente. Gostaria de libertá-la das profundezas.

Wink deu de ombros.

— Está quente demais. Hoje não, Midnight. Mas em breve.

Entramos para sair do sol. Mostrei a casa para Wink, a cozinha arejada com as paredes de ladrilhos brancos, o alpendre e suas telas, o porão cheio de caixas da mamãe e de Alabama, a adega com as paredes de barro e potes de vidro vazios.

Mostrei o meu quarto, e ela olhou todos os livros da estante, todos eles. Então sentou na minha cama. Estremeci um pouco, com medo dos travesseiros ainda estarem com cheiro de jasmim. Ela dobrou as pernas debaixo do corpo, pegou o exemplar de *Will e as caravanas negras* que eu tinha deixado aberto, e colocou no colo. Wink tinha me emprestado o livro; disse que ainda não lera para os Órfãos porque não queria que eles tivessem ideias. Ela não queria que o livro mexesse com o sangue deles. E eu entendia. Ainda estava na metade, mas Will e o menino-rei de cabelo ruivo, Gabriel Stagg, já haviam invadido meus sonhos... a estrada sinuosa interminável, as facas no escuro, a sensação de inquietação.

— Pensei um pouco e acho que sei o que aconteceu com Roman Luck — recomeçou Wink, do nada.

Sentei ao lado dela sem dizer nada, esperando que continuasse.

— Acho que Roman Luck percebeu que tinha feito tudo errado, a vida toda. Ele não queria mais ser médico, e não queria viver num casarão. Então simplesmente foi até a porta e saiu para recomeçar num lugar diferente sem nada além das roupas do corpo, determinado a mudar seu destino.

Pensei um pouco no que ela falou.

— Gosto da ideia, mas as pessoas não deixam suas casas, dinheiro e identidade para trás assim. Elas não fazem isso. Bem, exceto pela velha senhora de Paris, a da história que você me contou.

Wink entrelaçou as mãos debaixo do queixinho pontudo.

— Existiu uma herdeira chamada Guinevere Woolfe, que desapareceu sem deixar rastros, em meio às ruas cheias de neblina de Londres. Vinte anos depois, ela finalmente foi encontrada, assando pães numa cidadezinha francesa nos Alpes. Havia se casado com um chef francês e ficado gorda e feliz; os dois tiveram seis alegres crianças, todos meninos. Ninguém na cidade fazia ideia de que ela era inglesa, muito menos que valia cinquenta milhões de libras.

— Então o que Roman Luck fez depois de sumir? Virou um ilusionista mundialmente famoso e passou a vida viajando para lugares exóticos apenas para morrer subitamente no Expresso do Oriente depois de beber uma xícara de café envenenada, no vagão do restaurante, com uma ex-amante ciumenta?

Aquela era uma fantasia que eu tivera sobre mim mesmo, uma vez. Os detalhes variavam de ano para ano, geralmente envolvendo mais e mais belas mulheres conforme fui crescendo.

Wink sorriu um sorriso rápido e doce que semicerrou seus olhos.

— Eu acho que Roman Luck pegou um trem para algum lugar bem distante, onde começou sendo um estranho e terminou um herói. Imagino que ele matou monstros, salvou inocentes e resgatou uma menina triste e solitária, e a fez feliz. É isso que acho que aconteceu com ele.

Ela se levantou, pôs as mãos nos bolsos fundos do macacão e deixou o cabelo encaracolado cair sobre as bochechas sardentas.

— Você podia ser um herói, Midnight. Podia ser um herói como o Ladrão ou o Roman Luck.

— Alabama é o herói, não eu — rebati, direto e sincero porque Wink me passava a sensação de que estava tudo bem em ser daquele jeito.

— Vou ajudar você. Você consegue, vai ver. — Wink concordou com a cabeça. Foi um gesto bem sério e solene. Seus olhos me admiravam, cheios de estrelas.

Escutei o barulho de pneus no cascalho. Portas de um carro batendo. E então gritos, gritinhos de crianças, metade risadas, metade gritinhos agudos. Eu me levantei e fui até a janela. Os Órfãos haviam voltado do dentista e estavam cheios de energia por terem ficado presos a manhã toda. Peach estava em cima da perua enferrujada dos Bell, o cabelo desgrenhado descendo pelas costas, tentando cantar ópera com sua voz infantil. Felix levava Bee Lee nos ombros e fazia cócegas nos seus pés enquanto ela gargalhava histericamente. Os gêmeos apenas corriam em volta dos outros irmãos, como se não conseguissem decidir o que aprontar primeiro.

Wink

ÉRAMOS COMO AS três Moiras, tecendo a história com fios dourados, vermelhos e azuis tão escuros quanto a meia-noite.

Haveria lobos e truques e mentiras e enganações e vingança na nossa história. Eu me certificaria daquilo.

Há muito, muito tempo viveu um contador de histórias alemão que narrava histórias sombrias numa casinha escondida na Floresta Amaldiçoada. Papai me contou sobre ele. Disse que seus livros foram queimados durante a guerra, e apenas alguns sobreviveram, mas que um dia ele leria um para mim.

Papai disse que esse contador de histórias alemão tinha um tema recorrente em suas histórias, e ele costumava cantar isso para mim com a voz baixa e triste, como se fosse uma canção de ninar, de novo e de novo.

Quando se olha demais para a escuridão,
A escuridão olha de volta para dentro de você.

Falei sobre o meu pai para o Herói. Não queria ter feito isso. Queria ter falado sobre o Caçador, sobre como ele tirou o coração da Lábios de Rubi, colocou numa caixa e deu à rainha... mas saiu algo sobre papai em vez daquilo, saiu da minha boca como as Enguias Escorregadias de *A cidade abaixo*, entrando e saindo pelas janelas da casas das pessoas.

Eu estivera pensando em Heróis e Midnight, e em como Leaf costumava dizer que os melhores heróis tinham um pouco de maldade dentro de si para que o bem brilhasse ainda mais por estar ao lado dela... e então quando me dei conta eu estava falando sobre *ele* e radiestesia, e sobre a mina Gold Apple, igual a garotinha de *Inverno convicto*, que perdeu todo o juízo de uma só vez.

Eu tomaria mais cuidado dali para a frente.

Poppy

NA DÉCIMA VEZ que beijei Leaf, ele me beijou de volta. Estávamos no pasto atrás da fazenda dos Bell, os lábios finos eram tenros e arrogantes, exatamente como achei que seriam, exatamente como eu queria que fossem. Ele se afastou e gemeu contra o meu rosto, e a parte escura e vazia dentro do meu peito, onde meu coração jamais estivera, começou a bater, bater, bater, e eu senti alegria, vermelha e escorrendo. Ele me pegou e virou, de modo que minhas costas ficaram sobre a grama e sobre as pequenas flores silvestres brilhantes, e meu coração novinho em folha ficou fitando o céu.

A voz de Leaf era baixa e meio rosnada. Eu o ouvi cantando uma vez. Antes da inundação do rio Curva Azul, antes de DeeDee; ele devia ter 14 ou 15 anos, não menos que isso, porque a voz havia mudado e ficado mais grossa. Vi Leaf cantando na floresta, eu estava lá sozinha porque ser melhor que todo mundo em tudo é uma porra cansativa, e às vezes preciso fugir e ficar na floresta um tempo, fingindo que ninguém mais existe.

Ele estava sozinho numa pequena clareira coberta de neve, o céu azul e limpo do inverno. O seu peito estava estufado, a cabeça jogada para trás, simplesmente cantando em alto e bom som uma música melancólica que eu nunca ouvira antes. Parecia antiga, cantada naquela voz grave, as velhas montanhas de pedra e os lagos tão frios quanto gelo. Saía fumaça quando ele respirava, e eu nunca tinha visto nem ouvido uma coisa tão ridiculamente bela. Ele não me viu, ou fingiu que não viu. Apenas continuou cantando.

Eu não fui feita para perder coisas, fui feita para ganhar e conseguir o que quiser, não para tentar ser melhor, não para ser a minha melhor versão, não estava dando certo, *Deus*, não estava dando nada certo.

Midnight comia na palma da minha mão, era tudo tão fácil, tão estupidamente fácil. Eu mal me esforçava. Ele achou que ia me trair, como se eu fosse deixar, como se ele soubesse enganar, sem noção, como se, até parece.

Eu só vou até aqui, é até aqui que estou disposta a ir.

Midnight

WINK E EU caminhamos entre as árvores negras até a casa de Roman Luck. Eram dez e meia, talvez quinze para as onze. Avisei a Poppy que eu apareceria às onze e meia, então Wink e eu precisávamos chegar lá antes disso.

Apontei a lanterna para a varanda caindo aos pedaços.

Eu já não gostava de entrar na casa de Roman Luck de dia. Ninguém gostava. E agora, no escuro...

As árvores pareciam nos observar, observar Wink e eu; o farfalhar das folhas como olhinhos, piscando.

Talvez não fosse uma boa ideia.

Talvez não fosse o que o Ladrão faria.

Mas também, o Ladrão tinha uma espada.

Tudo que eu tinha era uma casa abandonada.

Os dedos de Wink procuraram os meus. Ela apertou minha mão.

— Você é o herói, Midnight.

Subimos juntos os degraus gastos de madeira.

Girei a maçaneta fria de vidro e empurrei a porta.

O piso rangeu quando pisei lá dentro, como o chão da minha casa fazia. E aquilo fez eu me sentir melhor. Descemos o corredor estreito, as fotografias emolduradas ainda nas paredes, embaçadas sob a luz fraca, o rosto de estranhos, o rosto das pessoas de quem Roman Luck fugira.

Ignoramos a sala de jantar à nossa direita, mesa e cadeiras cheias de pó e um único prato sujo sobre uma das extremidades, de alguma maneira ainda intocado, tanto pela polícia quanto pelas crianças.

O salão de música vinha a seguir, à esquerda.

Ruídos de algo correndo saíam dos cantos. Passei a mão pela parede e senti o veludo do papel de parede florido se eriçando sob a minha palma. As desbotadas cortinas vermelhas estavam puxadas, do chão até o teto, emoldurando os cantos irregulares da janela da sacada quebrada.

Uma nuvem se moveu, e um feixe de luar entrou na casa. Pedaços de gesso no chão, uma almofada no banco do piano e uma pesada partitura de Rachmaninoff sobre o suporte.

— Roman Luck deve ter tocado este piano algumas vezes. — Assenti para a partitura. — Não consegue vê-lo sentado nessa enorme casa sozinho, tocando canções russas e sombrias?

— Consigo — disse Wink. — Consigo mesmo.

Coloquei minha mochila no chão. Nela havia a corda e mais uma lanterna. Olhei para Wink, mas ela ainda não havia se mexido. Estava olhando o espaço bem entre o piano e o maltrapilho sofá verde.

— Foi bem aqui — sussurrou Wink. — Foi bem aqui que o vi.

Wink

DESSA VEZ NÃO polvilhei minha pele com açúcar. Precisava de algo mais poderoso. Eu vestia minha saia de bolotas, a que tinha areia do fundo do riacho Curva Azul costurada na bainha para proteção.

Enchi um dos bolsos com lentilhas secas e empoeiradas, e o outro com canela em pau de um pote do armário de amuletos de Min. Pendurei uma chave num cordão de prata em volta do pescoço, a velha chave mestra que a mulherzinha de vestido preto me deu quando a encontrei na floresta naquele dia. Ela disse que a chave abria uma caixa dourada que continha o coração de uma garota que ela matara anos atrás.

Eu sabia que teria de contar a Midnight sobre os imperdoáveis agora. Precisava avisá-lo sobre como eles se alimentam de você se não tomar cuidado, e sobre como vão transformar seu coração em poeira vermelha e deixá-lo completamente louco.

Midnight

— EU ERA pequena — começou Wink, a voz suave, os olhos baixos encarando as tábuas podres de madeira do chão de Roman Luck. — Da idade de Bee Lee. Leaf tinha a idade dos gêmeos agora. Estávamos brincando na floresta, um jogo que Leaf inventou chamado "Siga os Gritos". Eu estava escondida num tronco oco ouvindo, e foi quando os escutei, gritos de verdade, não gritos de Leaf, e vinham da casa de Roman Luck.

Tínhamos algum tempo antes de Poppy aparecer. Ela não era do tipo que chega adiantada. Eu estava sentado no sofá de veludo verde, e Wink estava ao meu lado, nossos joelhos se encostando. Wink usava uma saia toda estampada de bolinhas. Segurei a lanterna, a luz na direção de nossos pés.

O vento ficou mais forte lá fora. Galhos raspavam nas janelas quebradas, e parecia que alguém estava arranhando o vidro com as unhas.

Deslizei para mais perto de Wink, até nossas coxas também se tocarem.

— Min me contou que uma mulher chamada Autumn morava aqui. Foi há muito tempo, antes de Roman Luck. Autumn não era boa da cabeça. Ela se casou com o homem mais bonito da cidade, um homem chamado Martin Lind, e os dois tiveram quatro filhos, dois meninos e duas meninas. Mas, conforme o tempo passou, Autumn tornou-se paranoica e desconfiada, e acusou o marido de estar apaixonado por outra mulher. Ela achava que ele a abandonaria.

Wink fez uma pausa. Estava esfregando a bainha da saia entre os dedos, sem olhar para mim.

— E então, um dia, Autumn esfaqueou Martin na barriga e o deixou para morrer no salão de música.

Olhei para Wink, olhei seus inocentes olhos verdes e o rosto sincero em formato de coração.

— Isso aconteceu mesmo, Wink?

Ela sorriu de repente, lábios macios, orelhas bonitinhas.

— Você não para de me perguntar isso. É claro que é verdade. Todas as coisas mais estranhas são. Autumn foi enforcada por isso, *pendurada pelo pescoço até morrer,* e seus filhos cresceram com estranhos, órfãos e sozinhos como numa de minhas histórias no celeiro. A casa foi posta à venda, e Roman Luck a comprou. Mas a coisa má em Autumn, sua coisa imperdoável, havia adentrado as tábuas do piso e se entranhado nas paredes.

— Você me disse que Roman não tinha ido embora por causa de um fantasma.

Ela deu de ombros.

— Min disse que não. Ela lia as cartas de Roman às vezes, então saberia. Às vezes as pessoas simplesmente... vão embora.

Uma coruja piou de algum lugar do meio da escuridão. O pio atravessou o vidro quebrado e atingiu em cheio meus ouvidos, como um sussurro de Poppy.

— Eu estava escondida e ouvi os gritos, e fui ver mais de perto. Havia um homem nesta sala, Midnight, e ele estava gritando e sangrando. Ele estava morrendo. Era elegante e bonito, como um príncipe de um conto de fadas. Ele não me viu, não a princípio. Eu era pequena, precisava ficar na ponta dos pés e ainda assim mal alcançava o parapeito. Ele estava na sombra e apertava a lateral do corpo, dizendo alguma coisa repetidas vezes.

Wink estava usando sua voz de Colocar Os Órfãos Para Dormir. Mas dessa vez não estava me dando sono.

— O quê? — perguntei, quando ela parou de falar. — O que ele dizia?

— *Diga a meus filhos que os amo.* Era isso que ele estava dizendo, de novo e de novo. E ah, Midnight, a voz dele estava tão ferida e triste!

Olhei pela sala e em seguida fechei os olhos com força, pensando que o fantasma de Martin Lind poderia aparecer na minha frente, sangrando e chorando no escuro.

Será que Wink tinha mesmo visto aquilo quando era pequena? O que uma coisa daquelas poderia fazer com a cabeça de uma criancinha?

Eu nem acreditava em fantasmas, não realmente. Mas eu acreditava em Wink.

— Fiquei com medo e perdi o equilíbrio — prosseguiu ela, ainda usando o tom gentil que fazia dormir. — Tropecei, e, quando me levantei, ele havia sumido e a sala de música estava vazia. Existe um fantasma aqui, Midnight. Mas ele não teve nada a ver com Roman.

A coruja piou. Os galhos arranharam. Os ruídos nos cantos voltaram. O cômodo cheirava à noite e poeira e abandono.

Wink se inclinou e grudou a boca na minha. Larguei a lanterna, *tump*, *crack*. Seu cabelo ruivo caiu sobre as minhas orelhas, pelo pescoço e pelos ombros.

Wink tinha cheiro de canela, e seus lábios tinham gosto de poeira.

Não pensei no homem que havia morrido na sala.

Nem na coisa imperdoável que Autumn havia feito.

Ou no que eu estava prestes a fazer com uma garota que um dia amei.

Eu só pensei em Wink.

Ela se afastou. Levantando-se, ela alisou a saia de bolinhas. O cabelo estava embaraçado e belo e ruivo, ruivo, ruivo sob a luz da lanterna.

— Consegue fazer isso — disse ela. — Você é o Ladrão. Você é o herói.

Concordei com a cabeça.

Concordei ainda que isso não parecesse heroico.

Parecia simplesmente errado.

Wink saiu. Para esperar na mata.

Tique-taque, tique-taque.

Poppy chegou.

Poppy

Saí pela porta da frente às onze, ousada, rebolando, meus pais não estavam em casa de qualquer maneira, tinham ido para Chicago socializar com outros médicos em algum congresso chato, eu até conseguia vê-los numa grande sala acarpetada, com móveis caros e lustres de cristal, e aquela expressão convencida de superestudados e orgulhosos para cacete de si mesmos.

Uma vez eu fugi, depois que o vovô morreu. Fui até a cabana dele na montanha *Jack Três Mortes* e fiquei dois dias lá, sem pensar uma vez sequer nos meus pais nem em ninguém mais. Foi bonito e calmo, tão quieto. A cabana estava meio que destruída na época, mas fiz o que pude para ajeitá-la, e estava aproveitando como nunca, pescando e sem falar com ninguém, quando papai e mamãe finalmente me encontraram. Estavam apavorados e zangados, não conseguiam entender por que eu havia fugido, por que eu ia querer morar numa cabana velha em vez de na nossa bela casa na cidade. Eles me davam tudo o que eu queria, não tinham me dado tudo o que eu sempre quis?

Eles colocaram fogo na cabana de Anton Harvey. Disseram que estava prestes a desmoronar e que era perigosa, mas eu sabia. Sabia por que eles tinham feito aquilo na verdade.

Peguei a rua de pedrinhas até o cemitério, depois desci o atalho para a floresta. Não tinha medo desse trecho, já fizera aquilo muitas vezes. Corujas piando, e coisas farfalhando as folhas mortas, e o vento fazendo cócegas em meu pescoço, como se a noite estivesse soprando seu hálito. Mas meu senso de direção era bem acima da média, e, além disso, o que naquela floresta poderia ser mais assustador do que eu?

A casa de Roman Luck.

Aquilo era mais assustador, verdade, verdade, eu odiava aquele lugar, ah como odiava, mas era apenas uma noite, uma rápida noite, feche seus olhos e pense na Inglaterra.

Wink

Escutei o Lobo antes de ver. Ela veio caminhando sem pressa pela clareira, chutando folhas mortas, queixo erguido, costas eretas, vaidosa como a Rainha Má.

Eu me escondi nas árvores. Não tinha medo do escuro. Eu só tinha medo da casa de Roman Luck. Não queria deixar Midnight sozinho lá dentro, mesmo que ele fosse o Herói.

Acho que ele acreditou em mim quanto aos imperdoáveis.

Midnight

Poppy ficou parada na porta de entrada da casa de Roman Luck, na ponta dos pés, tentando olhar por cima do meu ombro.

— Wink ainda não chegou — falei. — Ainda temos dez ou quinze minutos.

Ela pôs as mãos na cintura de sua saia preta, exatamente onde esta se encontrava com a camiseta preta justa. Recuei um passo para deixá-la entrar, mas ela não saiu de onde estava.

— Ainda tem medo desse lugar, Poppy?

Ela ficou calada. Poppy, sem uma resposta na ponta da língua.

— Por que escolheu a casa para essa pegadinha então? Por que aqui, se você sente tanto medo do lugar quanto Wink?

Poppy estremeceu, foi tão breve que eu quase não notei. Ela levantou a cabeça, olhos semicerrados, nariz para cima.

— Escolhi este lugar porque é isolado. Não estou com *medo*. É só uma casa idiota, velha e suja, que tem cheiro de morte. Não acredito em fantasmas e, se acreditasse, não ligaria se visse um, nem ficaria com medo.

Ela jogou o cabelo loiro para trás e deu um passo à frente. E mais um. Ela entrou.

Ela riu.

Poppy abriu os braços no corredor da casa de Roman Luck, abriu bem aberto. Ela girou, o piso rangendo sob seus pés.

— Venham me assombrar, fantasmas. Estou bem aqui. *Vamos*. Me mostrem que são reais. Me mostrem o que são capazes de fazer.

Ela parou. Sorriu para mim.

— Viu? Nada.

Poppy parecia tão jovem parada ali com os braços abertos entre as duas paredes de madeira. Parecia tão corajosa e cheia de vida em meio ao piso rangendo e a poeira e a decadência, que senti, por um breve segundo, como se ela pudesse fazer tudo desaparecer, com um gesto apenas, um piscar de olhos, um lampejo. Poppy giraria o braço sobre a cabeça, e a casa ficaria suspensa, sacudiria a poeira e baixaria novamente, nova em folha uma vez mais. E então Roman Luck passaria despreocupadamente pela porta da frente, alisando uma barba comprida porque provara uma cerveja holandesa e tinha adormecido no alto da montanha durante vinte anos e apenas isso, foi tudo o que aconteceu, desvendado o mistério.

Nós dois escutamos o barulho e pulamos. Garras, arranhões, arranha, arranha, arranha.

Poppy abaixou os braços.

Eram apenas os galhos batendo nas janelas, mas Poppy não sabia.

Acenei com a cabeça na direção do corredor.

— Vamos, vamos até o salão de música. Vai na frente.

Ela não disse nada, nenhuma resposta irritadinha. Simplesmente obedeceu.

Crec-crec fez o assoalho.

Poppy parou na porta. Dei-lhe a minha lanterna, e ela a acendeu. Poppy andou até o meio da sala e deu uma volta, a luz acompanhando-a. Um comprido e lento arco de luz se formando. Poppy tremeu. De verdade. Seus braços e pernas chacoalharam.

Essa não era a Poppy que eu conhecia. Não era nem a Poppy da entrada da casa, de braços abertos, desafiando o supernatural a vir pegá-la.

Ela não estava sendo cruel. Não estava machucando ninguém. Não estava mandando em ninguém. Não estava ficando nua e subindo em mim.

Ela estava simplesmente assustada. Estava assustada de verdade.

Tive vontade de pegá-la pela mão e levá-la para fora. Quis ir com ela até sua casa, colocá-la na cama e fazer com que se sentisse segura.

Mas não podia.

Eu era o herói.

— Devia tocar nas teclas — sugeri. — É tradição. Na primeira vez que se entra na casa de Roman Luck, você toca nas teclas.

Poppy caminhou até o piano. Ela abaixou a lanterna, pôs os dedos no marfim descascado e apertou, *tunk*, *tunk*, *tunk*. Ela os pousou sobre as teclas por um segundo ou dois. Então afastou os braços, virou-se de volta para mim e abriu um meio sorriso arrogante.

— Pronto, toquei.

— Eu sei — respondi, num tom preguiçoso e frio, como o de Alabama. — Acho que devia chamar os fantasmas novamente, aqui no salão de música. Desafiá-los a te assombrar. Ver o que acontece.

— Você primeiro — rebateu ela, mas as palavras não soaram mandonas nem orgulhosas. Saíram num sussurro.

Poppy deu um abraço em si mesma e não me olhou nos olhos.

— Bem, você devia ao menos subir e deitar na cama. É assim que se faz. Teclas do piano. Cama. — Estendi a mão. Ela hesitou. Agitei os dedos. — Eu vou com você.

Pelo corredor, subindo as escadas, primeira porta à direita. A suíte principal. Sete ternos pretos no guarda-roupa. Duas mesinhas de cabeceira de madeira. Aquecedor branco. Uma gravata empoeirada numa cômoda empoeirada de madeira de nogueira. Na cama, lençóis ainda esticados, cobertas até os travesseiros, mesmo depois de todos nós termos ido ali ao longo dos anos. Na colcha listrada de preto e dourado via-se parte do enchimento para fora, onde ratos haviam roído, mas ainda dava para ver que era de seda. Ainda dava para ver a etiqueta *Fabricado na França* quando se virava a ponta direita.

— Deite. — Eu nunca mandara Poppy fazer nada antes. Nem uma vez. Jamais. Mas ela obedeceu.

Seu corpo deslizou sobre a seda, se alongando, mãos e pés nos cantos, fios loiros espalhados debaixo da cabeça, como uma garota prestes a ser sacrificada, como a garota de uma das histórias do celeiro de Wink, como Norah em *Mar e fogo*, desnuda e acorrentada à rocha, cabelo loiro ao vento, pés descalços no frio, esperando amanhecer, esperando a besta escamosa sair da caverna e queimá-la viva...

Wink estava exercendo um efeito sobre mim.

Nunca pensei assim antes.

E não tinha certeza se gostava ou não.

Fui até Poppy.

Beijei a pele macia e translúcida dos pulsos dela.

Meus lábios seguiram as veias azuladas conforme elas abriam caminho até seus cotovelos.

Poppy prendeu a respiração... segurou...

E então saiu dos meus braços. Ela correu até a porta e parou, tremendo, ombros sacudindo e queixo trêmulo.

O corpo escorregou pelo batente da porta até que ela ficou agachada, os joelhos nus aparecendo sob a saia preta, as mãos nas bochechas.

Uma batida na porta.

Ambos pulamos de susto.

Ela me olhou.

— Vá para o salão de música e se esconda — cochichei.
— Pelo menos até eu terminar de amarrá-la. Tudo bem?

Poppy concordou com a cabeça e saiu, apesar de não parecer feliz com aquilo.

Tinha sido ideia dela tudo isso, ir até ali de noite, um lugar de fantasmas e imperdoáveis. E por isso mesmo eu não sentiria pena dela.

Não sentiria.

Esperei dez segundos, desci as escadas e abri a porta da frente. Wink, rosto pálido brilhando na escuridão. Ela me olhou, e eu a olhei de volta. Ela assentiu. Assenti de volta.

— Wink — falei, alto, para Poppy escutar.

Levei Wink até a salão de música, meu braço em volta da cinturinha dela, meus lábios em seu ouvido, interpretando meu papel.

Passamos pelo papel de parede rasgado, passamos pelo sofá verde.

Até o piano de cauda.

Encostei o corpo de Wink no instrumento, as folhas de Rachmaninoff se agitando. O piano fez um barulho grave e gutural, como pedais se deslocando e arames se esticando. Mas não saiu do lugar.

Eu a beijei. Beijei para manter a encenação. Beijei para Poppy ver. Queria que ela visse. Passei as mãos pelas costas de Wink, até sua nuca. Ela inclinou a cabeça nas minha palmas.

Não me apressei.

— Lá vamos nós — sussurrei no ouvido de Wink. E senti no meu rosto quando ela concordou com a cabeça. — Wink, quero que você feche os olhos — pedi bem alto. — E mantenha-os fechados. Tenho um presente para você.

— OK — respondeu ela, suavemente, suavemente.

Afastei meus braços, e Wink continuou onde estava, cabeça jogada para trás, pontas do cabelo ruivo encostando na tampa do piano.

Olhei uma vez para o canto da janela, rapidamente. Não conseguia enxergar Poppy, nem sequer uma leve sombra. Mas eu sabia que ela estava lá.

Pensei nos ruídos de alguma coisa correndo que escutara mais cedo, e desejei que os ratos estivessem subindo pelos pés dela e lambendo seus tornozelos.

E então me senti mal por pensar assim.

Eu fiquei de joelhos e tirei a corda da mochila.

Passei-a em volta dos pulsos de Wink, ligeiro, então apertei.

Seus olhos se abriram.

— O que está fazendo, Midnight? — A voz de Wink era perfeita. Baixa e apreensiva, começando a demonstrar medo. — O que é isso? O que está fazendo?

— Estou amarrando você ao piano — respondi, tranquilo. — Vou deixar você aqui sozinha, durante toda a noite. — Passei a outra ponta da corda em torno da perna do piano e puxei. Wink caiu de joelhos.

Ela começou a chorar, baixinho, depois mais alto.

— Por que, Midnight? Por quê? Por quê?

Os Bell nunca choravam. Era isso o que tinham de tão diferente. Se Poppy tivesse prestado atenção antes, teria adivinhado. Saberia.

Mas, em vez disso, ela riu. Poppy riu e saiu correndo do canto da sala. Riu e apontou e praticamente dançou de alegria. Ela deveria ter ficado escondida, mas ela simplesmente não se aguentou.

E eu havia contado com isso.

— Feral Bell, amarrada a um piano, passando a noite com os fantasmas. Bem feito. Acha que os espíritos vão gostar da sua calcinha de unicórnio? Hein? Mal posso esperar para contar aos Amarelos sobre isso. Eles vão *morrer*. — Gargalhada, gargalhada, gargalhada.

Dei um segundo. A atuação de Wink era irretocável. Eu quis continuar assistindo. Não consegui evitar.

Wink se encolheu para longe de Poppy, puxando a corda e rastejando no chão como se tivesse sido chutada. Ela ficou encolhida como uma bola, joelhos embaixo do queixo, braços cobrindo a cabeça, cabelo ruivo embaraçado. Seus olhos verdes brilhavam com a luz da lanterna e pareciam *selvagens*. Selvagens, selvagens. Seus lábios estavam apertados, retorcidos entre seus dentes.

— Vai se arrepender, vai se arrepender. — Sua voz saiu alta e clara, e mal pude reconhecer Wink ali. — Eles virão atrás de você. Vão encontrar você. Vão abrir você ao meio e beber todo o seu sangue, e lamber lamber como um gato no leite...

Poppy não estava mais rindo.

E Wink tossiu e tossiu, o corpo inteiro tremeu, pernas e cabeça e mãos.

Em seguida ela ficou novamente imóvel.

— Os imperdoáveis têm tanta fome, tanta fome... — Seus olhos dispararam para o canto da sala, voltaram, e alguma coisa neles parecia... errada... tão errada...

Arrepios subiram pela minha espinha até o couro cabeludo.

— Eles... eles querem abrir sua cabeça, abrir bem, Poppy, cavar de dentro todos os seus segredinhos, se

contorcendo, contorcendo como larvas, cavar lá dentro e esmagá-los, *squish, squish, pop*...
   A voz de Wink foi ficando cada vez mais suave.
   — Me contaram coisas sobre você, Poppy. Chegue mais perto... chegue mais perto, e eu te conto o que eles disseram. Você quer saber, você precisa saber...
   Poppy foi até Wink. Diretamente até ela, passo, passo, passo, *creck, creck, creck*. Ela se abaixou...
   E Wink avançou na sua direção.
   Ela pegou o braço de Poppy, apertando até suas juntas ficarem brancas.
   — Pegue o outro braço — instruiu ela, calma, calma.
   Eu peguei. Apertei o cotovelo que havia beijado mais cedo, no andar de cima. Fiz aquilo mesmo que me deixasse enjoado. Fraco e enjoado, lá no fundo.
   Wink era mas forte do que parecia. Ela dobrou o braço de Poppy para trás e o empurrou com força contra suas costas. Amarrei a corda em volta de um pulso, depois no outro, rapidamente, antes de Poppy poder reagir. Puxei...
   Mas foi Wink quem empurrou Poppy até ela ficar de joelhos. Wink deu os nós, três nós tão fortes que as mãos de Poppy ficaram prensadas contra a perna do piano.
   Poppy olhou para mim. Uma olhada demorada de compreensão.
   E então ela gritou.
   Eu também havia contado com isso.
   — Não há ninguém para ouvir você — falei. — Pode berrar até não aguentar mais que ninguém vai ouvir.
   E meio que tive vontade de chorar depois de ter dito aquilo. Só um pouquinho.

Poppy parou de gritar, e então começou a soluçar. Era feio e barulhento, cheio de lágrimas, engasgos e soluços.

— Como pode? Como pode me deixar aqui? — Seus grandes olhos cinzentos encarando e implorando, os cílios encharcados e pretos. — *Sabe como tenho medo*. Midnight, *por favor*.

Olhei de Poppy para Wink, para Poppy, para Wink.

Eu não podia fazer isso.

Wink diria que eu não era o herói.

E Poppy diria que eu era um covarde. Se a deixasse livre, ela me chamaria de covarde depois. Sei que chamaria.

Mas...

Enfiei a mão no bolso e tirei meu canivete. Eu o abri e peguei a corda...

Wink deu um passo e parou na minha frente, as mãos para o alto, como se eu segurasse uma arma de fogo.

— Ela não é Poppy. Ela é *A coisa nas profundezas*. E você acaba de atingi-la com sua espada. Ela é o monstro, e você é o herói. Essa parte da história acabou, Midnight. É hora de irmos.

Ela estendeu os dedinhos sardentos para mim.

E eu aceitei.

Ficamos ali parados olhando o monstro, lado a lado, de mãos dadas.

— Eu te amo — sussurrou Poppy. Ela engasgou, prendeu um soluço, e então repetiu: — Eu te amo, Midnight.

Lágrimas desciam pela ponte do seu nariz, pelo queixo perfeito, pelo pescoço esguio. Mechas de fios loiros haviam grudado nas bochechas. Ela parecia indefesa, os braços para cima, o rosto molhado, os olhos arregalados e assustados. Ela parecia jovem. Tão jovem quanto Bee Lee. Mais jovem.

Poppy repetiu:
— *Eu amo você, Midnight.*
Balancei a cabeça. E fiz aquilo com o queixo erguido e o canivete na mão.
— Não, Poppy. Você nunca amou. Você nunca, jamais amou.
E com isso fomos embora.

Poppy

O ESCURO. ERA tão denso quanto sangue seco, tão denso que eu teria conseguido segurá-lo nas mãos se elas estivessem livres, minhas palmas cheias dele. Eu podia sentir a escuridão respirando, ofegando, ofegando, o escuro, o escuro, o escuro.

Não faltava muito tempo agora, não demoraria muito mais, meus pulsos coçavam, queimavam, meus braços estavam ficando dormentes, pareciam mortos, pesos mortos presos aos meus ombros, mas eu não ia a lugar algum, ainda não. Os sons de arranhões iam e vinham com a brisa, a brisa limpava o ar, folhas e terra e orvalho cobrindo a poeira e a umidade e a morte, então inspirei aquilo, suguei, como se aquilo tivesse sido feito para mim, como se fosse me salvar.

Gritei novamente. Grito, grito, grito. Eu estava perdendo a voz, mas ela bloqueava o escuro e os arranhões e os sussurros, quando os sussurros começaram? Será que estiveram ali sempre? Sussurro, sussurro, palavras que eu não conhecia, palavras idiotas, palavras rugosas, palavras pantanosas, os imperdoáveis. Wink os inventou, eu sabia disso, eu sabia o tempo todo, mas então *quem estava sussurrando?*

Meus pulsos doíam, meu coração doía, estava batendo tão rápido, tão rápido que eu não conseguia acompanhá-lo, *Leaf estava sussurrando para mim, estávamos no campo, lado a lado na grama. Ele estava sussurrando, sussurrando que eu era feia por dentro, mas ele beijava meus pulsos mesmo assim, beijava com força, tanta força que eles pareciam queimar com os beijos. Queimando, e meus braços em volta dele, tão apertados que os senti dormentes e era por isso, era por isso, sussurros e palpitações, sussurros e palpitações, ao meu redor. Eu queria cobrir meus ouvidos com as mãos mas não podia, os sussurros se aproximavam, se aproximavam tanto que pareciam me tocar, dentro de mim, através da minha pele, nas minhas entranhas, nas profundezas, eu não conseguia suportar, não conseguia suportar nem mais um segundo daquilo...*

Eu gritei. E gritei.

Tentei continuar contando, contando meus próprios batimentos cardíacos acelerados, só para ter certeza, um dois três, um dois três...

Mas então, simplesmente, como uma porta batendo com o vento...

Tudo ficou quieto.

Tudo, pelo menos uma vez na vida, ficou quieto.

Wink

Eu podia ouvi-la gritando. Estávamos a quase um quilômetro da casa de Roman Luck, e eu ainda conseguia ouvir. Midnight também ouvia e ficava mais tenso a cada grito. Eu senti.

Pessoas ruins ainda colocavam armadilhas na floresta. Leaf e eu encontramos um coiote uma vez, a pata traseira do bicho presa nos dentes de metal. O coiote gritava e gritava. Ele tentou morder Leaf, e mordeu — no antebraço — uma dentada profunda, mas Leaf o libertou mesmo assim. O coiote fugiu sobre as três patas boas e nem olhou para trás.

Leaf ficou na floresta durante dois dias seguidos, esperando que quem tivesse colocado a armadilha voltasse. Quando Leaf finalmente voltou para casa, pingava sangue da camisa dele. Min não lhe fez perguntas. Ela nunca fazia perguntas a Leaf.

Às vezes vejo o coiote, parado nas árvores na beira da fazenda, me olhando, com suas orelhas grandes e rabo peludo. Sei que é o coiote, porque ele manca. Nos observa por um tempo e, então, se retira para a mata, de volta para as suas atividades de coiote. Ele está procurando Leaf, mas não sei como contar que Leaf se foi.

Eu colocara uma armadilha na floresta.
Eu tinha capturado um lobo.
E agora ele estava gritando.
Se Poppy era o Lobo, e Midnight era o Herói...
Então quem era eu?

Midnight

Íamos deixá-la lá por uma hora.

Apenas uma hora.

Wink disse que era o tempo que levaria. Pelo menos uma hora para matar um monstro. Fomos para o celeiro, e ela me deu uma xícara de chá Earl Grey e leu as folhas depois que bebi tudo. Ela segurou a xícara nas mãos, cotovelos para fora, e disse que minhas folhas falavam de bruxas, bestas e príncipes.

Começou a chover, primeiro de leve, depois mais e mais forte, trovões estalando pelo céu.

Perguntei a Wink sobre o que ela havia dito, quando estava amarrada. Sobre os imperdoáveis famintos, beber sangue e abrir o cérebro de Poppy ao meio.

— De onde tirou tudo aquilo, Wink? Eu acreditei. Fiquei com medo de você. Fiquei mesmo.

Wink sorriu e suas orelhas se abriram.

— Às vezes enceno peças com os Órfãos. Hops e Moon adoram loucos. Querem que todas as nossas peças tenham loucos, então geralmente eu interpreto um personagem que perambula por alguma terra árida ou que está trancado, gritando num calabouço, ou numa torre, ou num sótão. Fiquei boa nisso. Min diz que não devíamos fingir ser loucos, ela acha que isso atrai maus espíritos...

Wink dá de ombros e aponta para o teto.

— Penduro uma cortina entre as vigas aqui do celeiro para montar um palco. Peach quer interpretar todos os papéis, e Bee Lee não quer interpretar nenhum, Hops e Moon gargalham durante todas as suas falas. É divertido.

Dou um suspiro, com os braços dobrados atrás da cabeça, meu corpo parecendo pesar sobre a palha.

Tentei não pensar nela. Poppy. Lá fora no casarão. Sozinha. Com medo.

Eu estava ali no celeiro com Wink. Exatamente onde queria estar.

Como se pudesse ler minha mente, Wink veio até mim e se aninhou ao meu lado. Ela começou a falar sobre o Ladrão. Sobre como ele não era apenas mais um garoto com uma espada numa jornada. Falou sobre como ele caminhou pelas Colinas do Arrepio e não ficou louco, e que apenas os mais corajosos conseguiam fazer isso. Falou sobre a primeira vez que ele viu Trill, como ela estava fugindo dos lobos negros da bruxa, seu comprido véu branco flutuando atrás dela, pés descalços deixando pequenos rastros na neve.

Wink pôs a mão na parte de trás de minha camisa, e passou os dedos pela minha coluna, para cima e para baixo, para cima e para baixo, para cima e para baixo, suavemente, suavemente, lentamente, lentamente, e aquilo estava me dando sono...

Me espreguicei sobre a palha e suspirei.

Fiquei de olho na entrada do celeiro, no céu noturno, tentando adivinhar a hora por meio da lua, como se faz com o sol...

Poppy gritando. Poppy chorando. Puxando a corda, pulsos sangrando, Roman Luck parado ao lado dela, parecendo perdido, Martin Lind caído no chão, gemendo por causa de seus filhos, ratos subindo em seu corpo, Wink abrindo o livro A coisa nas profundezas, *mostrando-o a mim, mostrando como o Ladrão mudara, como ele pa-*

recia diferente agora, os olhos inquietos, ombros caídos e cabelo desgrenhado...

Abri os olhos.

Fechei.

Abri. Fechei. Abri.

Eu tinha adormecido.

Eu *adormecera*.

— Quanto tempo faz, Wink? Desde que a deixamos lá?

Wink bocejou. Sua cabeça estava debaixo de meu queixo, e seus braços estavam aninhados sobre meu peito.

— Não sei. Também caí no sono.

Olhei para fora.

Ainda estava escuro, mas a manhã se aproximava. Podia vê-la no horizonte, enfiando suas garras na noite.

❧

Wink tirara uma maçã de um de seus bolsos fundos e a dividimos a caminho do casarão. Eu não estava com vontade de comer, mas ficava dando mordidas, esperando que o sabor fresco e familiar me fizesse sentir normal novamente.

O caminho estava molhado da tempestade, e meus sapatos mergulhavam na lama e nas velhas agulhas de pinheiro.

Eu queria correr até Poppy, correr como se alguma coisa estivesse me perseguindo, como se um dos lobos da bruxa de Wink estivesse com os dentes nos meus calcanhares, meu coração palpitando, suando, ofegando, o vento no meu rosto.

Por que eu não estava correndo?

Eu queria libertá-la e dizer a ela que sentia muito, sentia tanto, tanto. Queria tanto aquilo, que podia *sentir* meus dedos na corda, o metal frio do meu canivete, seu cabelo loiro embaraçado, sua expressão de alívio...

Mas meus passos ficavam cada vez mais lentos à medida que nos aproximávamos.

A maçã era ácida e suculenta, e isso parecia real.

Isso.

Caminhar com Wink, a maçã, o ar fresco.

Não antes, na casa, com os barulhos rastejantes e os imperdoáveis de Wink e Poppy, ah Poppy...

O telhado com mansarda da casa de Roman Luck. Lá estava ele aparecendo de repente entre galhos e folhas.

Parei de andar.

— Eu sonhei? — perguntei a Wink. — Acabo de sonhar com tudo isso, isso que fizemos?

Ela me olhou e balançou a cabeça negativamente.

— Não, Midnight. — Ela pegou a maçã, uma última mordida, e depois a atirou na direção das árvores.

Não consegui entrar. Fiquei parado nos degraus quebrados, cheios de farpas e não consegui entrar.

Já estava mais claro. O céu estava cinza, não preto.

Me perguntei durante quanto tempo Poppy gritara até finalmente desistir.

Eu nunca tiraria o som dos seus gritos da minha cabeça, nem do meu coração.

É isso que significava ser o herói? É isso que Wink achava que significava?

Me perguntei se Poppy teria tentado roer a corda. Imaginei se ela teria feito força contra ela até seus pulsos sangrarem, como em meu pesadelo.

Me perguntei que tipo de pessoa ela seria agora.

Me perguntei que tipo de pessoa eu seria agora.

Wink me pegou pela mão e me puxou pela porta da casa de Roman Luck.

Pelo corredor.

Até o salão de música.

Os braços de Poppy estavam para o alto, macios e translúcidos sob a luz soturna do amanhecer. Eu podia ver suas veias descendo pela parte interna dos cotovelos. A bochecha direita descansava em seu ombro. Eu não conseguia ver seus olhos.

Havia sangue. Sangue seco em seu queixo e descendo pelo pescoço.

— Ela deve ter chorado tanto que mordeu a língua — sussurrou Wink. Sua voz era suave e calma e normal... mas a expressão em seu rosto parecia de preocupação.

— Poppy — chamei, mantendo a voz baixa e forte, como a de um herói. — Poppy, acorde. Vamos soltar você. Sentimos muito por ter deixado você aqui a noite toda, mas agora pode ir embora.

Ela não se moveu. Tirei meu canivete do bolso, eu o abri. Dei um passo à frente. O chão rangeu.

Nenhuma pálpebra batendo. Nenhum gemido. Nenhum movimento. Nada.

Olhei por cima do ombro de volta para Wink. E ela estava... ela estava... ela parecia...

Errada.

Errada.

Wink avançou correndo. De joelhos, sua bochecha sobre o peito de Poppy, o ouvido colado ao coração.

— O canivete — disse ela. — Rápido.

Fui cortar a corda, cortei, cortei e cortei, *por que fui usar meu canivete para abrir todas as caixas de papelão da mudança? Alabama tinha me avisado que o papelão cegaria a lâmina...*

A corda se partiu em dois pedaços.

Os braços de Poppy baixaram, pesados como chumbo. Pedra. Sua saia estava levantada, e as mãos bateram nas pernas nuas antes de caírem no chão.

Wink envolveu Poppy com os braços. Ela inclinou sua cabeça contra o ombro, gentilmente, gentilmente.

Parei de respirar.

Os cantos da sala ficaram embaçados.

Wink estava me encarando. Seus olhos estavam enormes, tão grandes quanto pires de chá, como o cachorro da história que ela leu no celeiro, aquela sobre o barril de pólvora e o soldado.

Poppy se mexeu. Só um pouquinho, apenas seus lábios.

— *Midnight.*

Sua voz saiu baixa, como um ladrão no meio da noite.

— *Midnight.*

Suas pálpebras bateram de leve...

Não consegui suportar, eu não aguentei olhar para ela. Não queria ver o que os olhos dela diriam quando se abrissem...

Virei de costas e fiquei encarando as cortinas vermelhas esvoaçantes.

— *Midnight.*

As cortinas vermelhas dançavam e dançavam. Sob a luz do amanhecer dava para ver como estavam sujas. Desbotadas pelo sol e ficando cor-de-rosa em alguns pontos, cheias de poeira e sujeira. Dançando, dançando.

— *Você não voltou* — disse ela. — *Você me deixou aqui e não voltou.*

Não olhei para Poppy. Não olhei para Wink. Simplesmente encarei e encarei o esvoaçar vermelho.

Voando. Voando.

Corri.

Pelo corredor, porta afora, degraus abaixo e para o meio da floresta.

Eu fugi.

Heróis não fogem.

Eu não era um herói.

Me virei e olhei por cima do ombro. Lá estava Wink, vindo atrás de mim, saia de bolinhas, sardas e olhos verdes grandes e redondos como pires de chás.

Ela era rápida. Ela me alcançou. Ela me agarrou e me segurou.

Sua pele derreteu junto à minha, sangue com sangue, osso com osso. Nos demos um abraço e derretemos um no outro enquanto o sol atravessava o céu e os pássaros começavam a cantar.

— Preciso ir — disse Wink. — Ajudei Poppy a andar até o sofá verde, mas ela não está bem, Midnight. Ela não queria que eu a deixasse sozinha. Você precisa voltar. Fique com ela. Vou chamar Min.

Wink

O LOBO NÃO se parecia mais com o Lobo, amarrado ao piano com sangue seco no rosto.

Ele se parecia apenas com uma garota chamada Poppy.

Midnight

Eu o fiz. Eu voltei.

O sofá verde era um emaranhado de cabelo loiro, saia preta e pernas compridas. Me ajoelhei. Os olhos dela estavam fechados, e eu não sabia o que fazer a princípio, então simplesmente peguei a barra da camisa e limpei o sangue em volta de sua boca.

— Não consigo mexer os braços — disse Poppy.

Sua voz estava rouca, crua e suave. O rosto parecia pálido e encerado, a pele estava fria, fria como gelo, gélida.

— Minhas mãos estão dormentes, tão dormentes, Midnight. Não consigo mexê-las de jeito nenhum.

Eu queria virar o rosto e ficar encarando as cortinas de novo.

Queria sair correndo.

Mas não o fiz. Desta vez não o fiz.

Comecei a esfregar seus braços, dos ombros até as pontas dos dedos. Esfreguei até meus dedos doerem, vezes e mais vezes e para cima e para baixo, *por favor volte a mexer os braços, Poppy.*

Finalmente, finalmente, sua mão direita se contorceu. E em seguida o braço inteiro. E então ela se sentou e gritou. Ela se abraçou e somente gritou.

Às vezes, quando eu era criança, me deitava de um jeito errado na cama e minhas pernas ficavam dormentes. Eu acordava em pânico, sem conseguir me mexer, convencido de que perdera as pernas em algum acidente horrível. Eu gritava, e Alabama vinha correndo. Ele se sentava ao meu lado e me dizia que eu estava bem, que era só esperar um pouco, bastava aguentar firme, aguenta firme, até que *bum*, o sangue voltava de uma vez. E doía, de um jeito bom, mas doía. Eu ficava sentado, sacudia e batia nas pernas com o punho, e Alabama ficava calmo e tranquilo, apenas repetindo que dor era uma coisa boa, que significava que estava tudo bem. Ele fazia isso até eu conseguir me mover novamente. Até poder dormir de novo.

Poppy gritou e se sacudiu no esfarrapado sofá verde de Roman, e eu fiquei apenas repetindo que ela ficaria bem, sem parar, como Alabama fazia.

Se eu um dia me senti mal, não foi *nada* frente ao que eu sentia agora.

— Você vai ficar bem — disse. — *Você vai ficar bem.*

Finalmente, finalmente, seus braços ficaram moles sobre o colo e ela parou de se mexer.

Poppy abriu os olhos.

Olhei dentro deles. Me forcei a olhar.

Eles estavam assustados.

E magoados. Tão *magoados*. Eu jamais imaginara que uma pessoa poderia parecer tão machucada assim.

— Vocês todos devem realmente me odiar — sussurrou ela, a voz baixa e arranhada como se estivesse sendo arrastada sobre uma superfície de cascalho. — Vocês devem realmente me odiar muito.

Eu não neguei. Não pude.

Era verdade.

Eu tinha odiado Poppy.

Subitamente me senti enjoado. Como se estivesse gripado, misturado a falta de sono, e um medo frio e pegajoso. A sala começou a parecer embaçada nos cantos, e comecei a ver pontos pretos...

— Me deixa sozinha — sussurrou Poppy. — Vai embora, Midnight, e me deixa sozinha.

E eu obedeci.

Saí correndo da casa. Saí correndo e deixei Poppy lá. De novo, de novo, tudo de novo.

Encontrei Wink e Min no caminho.

O cabelo ruivo de Min estava penteado em tranças grossas, sua saia vermelha comprida esvoaçava sobre a trilha enlameada, deixando a barra negra.

Elas pararam de andar e me encararam.

Min parecia serena. Nada ansiosa. Nada confusa. Nada desconfortável. Simplesmente serena.

— Você está bem pálido — disse ela, me observando com um ar maternal.

— Deixei Poppy. Simplesmente a deixei na casa. Não consegui suportar a expressão em seus olhos, eu...

Pisquei. Com força. *Não vou chorar, não vou deixar a Wink me ver chorar, droga.*

Min simplesmente concordou com a cabeça.

— Wink me contou algumas coisas. Muito pouco. Como é que essa menina acabou amarrada a um piano a noite toda?

Wink olhou para mim e eu olhei para ela. Pisquei mais uma vez. E mais outra.

— Simplesmente aconteceu — disse Wink finalmente.

Min nos encarou, com gravidade e bem séria agora. Ela tirou as mãos dos quadris e estendeu uma para mim e uma para Wink.

— Me mostrem as palmas das mãos. Rápido. Os dois.

Coloquei minha mão entre os dedos fortes e cheios de calos de Min, e a abri. Wink fez o mesmo. Min se debruçou na direção da minha mão.

— O bastante — decretou ela um segundo depois, largando-a.

Em seguida ela leu a de Wink. Dez segundos. Vinte.

Wink levantou o olhar para a mãe, e seus olhos se encontraram, verde com verde. Alguma coisa foi comunicada... uma centelha...

— Você foi longe demais — disse Min, tão baixo que quase não escutei. Ela ficou encarando Wink por mais um longo segundo, largou sua mão e começou a caminhar na direção da casa de Roman Luck.

Nós a seguimos.

Pela porta da frente, pelo corredor, até a salão de música.

Mas era tarde demais.

Poppy não estava mais lá.

Wink

MIN ANDOU PELA cozinha e fez leite dourado com açafrão e especiarias sem dizer uma só palavra.

Fiquei parada no canto a observando, mas ela não olhou para mim. Nem uma vez.

Estava zangada.

E Poppy havia sumido.

Havia um livro no celeiro chamado *O lobo sem uivo*. Era sobre uma loba branca, que perdera toda a sua alcateia para a fome durante um longo e gelado inverno. Depois daquilo, ela tinha ficado triste e solitária demais para uivar. Era uma história sem esperança, e eu não a lia para os Órfãos com muita frequência.

Nós havíamos matado o monstro, Midnight e eu.

Havíamos tirado o uivo de Poppy.

Midnight

WINK SE SENTOU num monte de palha e eu no chão do celeiro, minha cabeça apoiada nos joelhos magros, suas mãos no meu cabelo.

— Acha que Poppy foi para casa? Estou preocupado com ela, Wink.

Wink fez aquele murmúrio de *hmmm*.

— Em *O mal das fadas*, Jennie Slaughter foi expulsa pela Fada Árvore e perambulou pelos pântanos durante três anos, sem se lembrar de quem ela era nem de onde vivia. Talvez Poppy tenha ficado louca e esteja perambulando pela floresta, como Jennie.

Mexi a cabeça, e as mãos dela escorregaram para baixo.

— Jamais esquecerei como a vi lá, com os pulsos amarrados na perna do piano, o sangue seco no rosto e as veias azuis descendo pelos braços brancos. Está gravado em minha mente. Para sempre.

— Sei como é a aparência de uma pessoa morta — disse Wink, depois de um tempo. — Sei como é a *sensação* de tocar numa pessoa morta. Segurei Alexander, aquele dia na neblina. Poppy estava quase morrendo quando a encontramos, Midnight. Sua pele estava fria e azulada... ela estava pegajosa e rígida.

— Quem é Alexander?
— Ninguém.
— Que dia na neblina?
— Silêncio.

Eu me levantei e fui até a entrada do celeiro. Olhei para a fazenda lá embaixo, e assisti a Hops e Moon tentando escalar a lateral da casa de Wink sem nada além das mãos e dos pés, como macacos, enquanto Peach os encorajava e criticava alternadamente.

Me sentei de novo, e Wink passou a ponta dos dedos pelo meu couro cabeludo. Ela tinha cheiro de canela.

— Min sabe o que fizemos. Ela sabe que amarramos Poppy e a deixamos lá.

Wink parou de mover os dedos.

— Sim.
— Ela está zangada?
— Sim.

Virei a cabeça para ver seu rosto.

O sol do verão destacava as sardas de Wink. Estavam mais escuras do que há poucos dias. Sua pele sardenta era tão diferente da pele perfeita e branca como leite de Poppy. E eu gostava. Gostava tanto que doía.

— Wink, tenho medo de que a noite na casa de Roman Luck tenha *afetado* Poppy de alguma maneira muito profunda. Não acho que tenhamos feito a coisa certa. Não sinto, em meu coração, que foi certo.

— Ela teria feito a mesma coisa comigo, se você não tivesse impedido. Às vezes a única maneira de combater o mal é com o próprio mal.

Mas eu tinha visto Poppy tremendo e ainda assim a amarrara e a deixara na casa de Roman Luck. E em seguida havia dormido e não voltei para soltá-la até quase amanhecer.

— Você destruiu o monstro, Midnight. É isso que o herói faz.

Depois de Poppy, depois de todas as suas mentiras e enganações, eu não acreditava mais em quase nada. Exceto em Alabama, e ele estava na França.

Mas eu *queria* acreditar em Wink.

Seus olhos fitaram os meus, e vi uma sombra encobri--los, como se ela soubesse. Como se tivesse visto aquela dúvida em minha mente.

E então ela me abraçou, com força, seus braços em volta do meu pescoço, a bochecha encaixada ali, a pele se aconchegando na minha. Ela agarrou meu cabelo com os dedos, e suas sardas flutuaram ao meu redor, como uma echarpe, ela estava sussurrando coisas no meu ouvido, coisas de herói, coisas do Ladrão...

Bee Lee começou a subir pela escada do celeiro. Eu sabia que era ela porque estava cantando sozinha uma música sobre pintinhos e lobisomens. Quando ela entrou, foi direto até onde eu estava, como se tivesse pressentido alguma coisa. Ela passou os dedos melados pelo dorso de minha mão e sorriu.

— Tudo bem, Midnight?

Balancei a cabeça negativamente.

— Também tenho dias ruins. — Ela tirou um morango do bolso, arrancou o talo verde e o ofereceu a mim. — Mas amanhã vai ser melhor. É o que Min sempre diz. Você só precisa comer um morango e esperar amanhã chegar.

Fui até a casa de Poppy. Fiquei parado na porta durante dez minutos, sem tocar a campainha.

Quando finalmente dei meia-volta para ir embora vi Thomas escondido nas sombras perto dos arbustos de lilases, me observando.

Ele não disse nada. Eu não disse nada.

Jantei com meu pai, tarde, o que o agradava. Sanduíches de tomate, mussarela e pesto, nós dois sentados nos degraus da entrada de casa, de frente para o pomar, o riacho e a fazenda dos Bell.

Havia vagalumes.

Eu estava silencioso demais, e ele sabia que havia algo errado, mas não me perguntou nada.

Meu quarto tinha cheiro de jasmim. Pairava no ar, denso e molhado. Arranquei minhas roupas e as atirei na cama, fechei os olhos e repeti para mim mesmo que não era real. Poppy não estava em meu quarto. Ela jamais estaria em meu quarto novamente. Eu me certificara daquilo.

Eu fizera minha escolha. Realizara meu desejo.

Minha mãe costumava fazer chocolate quente com abóbora todo outono. Ela colocava o leite, a baunilha, a canela, o xarope de bordo e o chocolate numa panela, e, quando estava quente, ela misturava uma lata de purê de abóbora. Alabama e eu conseguíamos beber jarras inteiras daquela coisa, e bebíamos. E agora basta o som dos meus pés esmagando as folhas caídas para trazer aquele cheiro, cristalino, como se houvesse uma xícara do chocolate bem na minha frente.

O jasmim... era como o chocolate quente com abóbora. Era coisa da minha cabeça.

Mas, mesmo assim, sonhei com ela. Sonhei que ela entrava pela janela e se deitava ao meu lado, o cabelo loiro e sedoso se esparramando sobre o meu peito.

Wink

A HISTÓRIA COMEÇARA a sério agora.

Os fios estavam se tecendo.

Midnight estava abalado. Ele destruíra o monstro. Aquilo sempre fora um fator decisivo na jornada do Herói, como quando Pedro mata o lobo do outro lado do guarda-roupa e o Leão o manda limpar sua espada. Como quando Elsbeth tira o coração de Jacob, assa num espeto para dá-lo ao amante, em *Elsbeth Ink e as sete florestas*.

Existem contos folclóricos escoceses que falam sobre pessoas que vão às montanhas e desaparecem em meio à névoa, e nunca mais são vistas.

Foi isso o que aconteceu com Roman Luck.

Foi isso o que aconteceu com meu pai. Ele desapareceu na névoa. Achei que ele era o Herói, mas era apenas um homem.

Contei a Midnight que eu havia segurado Alexander nos braços no dia em que ele morreu. Alexander era o Herói em *Uma capa, uma adaga, uma jornada* — mas ele estava sozinho quando o veneno alcançou seu coração, no final. Ele caiu no meio da estrada, as mãos agarrando o apito de ouro que a princesa do cabelo negro lhe dera no dia em que ele salvou sua vida.

Eu imaginara como devia ter sido, imaginara com tanta clareza, com a névoa fria no meu pescoço, seus olhos escurecendo e o corpo se enrijecendo em meus braços. Foi real. Aconteceu.

Min entrou no meu quarto naquela mesma noite, mais tarde, depois que os Órfãos dormiram. Ela me perguntou se havia alguma coisa que eu queria lhe contar.

Eu balancei a cabeça e fiquei quieta.

Midnight

Eu estava esparramado na minha cama, olhando as janelas. Chovia novamente. Fiquei ali tanto tempo que papai bateu à porta, uma xícara de chá-verde na mão. Me levantei, peguei a xícara, e escorreguei de volta para debaixo das cobertas.

O corpo dela, caído e azul sob a luz cinzenta.
A expressão em seus olhos.
Seus gritos quando o sangue voltou a circular.

Vesti uma jaqueta e saí no meio da chuva, em direção à cidade. Fiz o caminho mais longo. Não queria passar pela casa de Roman Luck. Não podia.

Fiquei parado na frente da porta da casa dela. Não toquei a campainha.

Havia feito o mesmo nas últimas duas manhãs.

— Ela não está. — Thomas saiu do meio das sombras dos arbustos de lilases, o cabelo loiro molhado e grudado na testa. — Ela sumiu. Seus pais estão num congresso de medicina, e ela sumiu, ninguém vai atender a porta, Midnight.

Meu coração parou de bater. Thomas também não havia visto Poppy? Achei que ela estava me evitando, evitando apenas a mim.

— Preciso falar com ela, Thomas. Muito. Tenho certeza de que ela está por aí, em algum lugar. Provavelmente está perto do rio. Ela gosta de fazer piqueniques na chuva, pão, queijo, uma garrafa de vinho e gotas de chuva frias e pesadas em seu rosto.

— Foi o primeiro lugar em que procurei.

— Ela podia estar no café, naquele com pé-direito alto e *lattes* com caramelo.

Ele balançou a cabeça.

— Ou na igreja... Ela gosta de se sentar no banco da última fila e escutar o organista praticar.

Os olhos de Thomas estavam vermelhos e ele parecia... menor, de alguma maneira. Quase frágil.

— Ela sumiu. Desapareceu. Fiquei com medo de que alguma coisa assim pudesse acontecer. É por isso que tenho vigiado a casa dela.

— Alguma coisa como o quê? — E minha voz saiu alta e ainda mais aguda no fim da pergunta.

— Poppy tem andado triste. Muito triste. Não percebeu?

— Poppy não está triste. Ela nunca fica triste. Ela ri de tudo. Foi a primeira coisa que eu soube a seu respeito. Ela sempre está rindo.

Era mentira.

Eu já a vira chorando até não ter mais lágrimas para chorar, três noites atrás.

Thomas balançou a cabeça, seu cabelo molhado balançando.

— Se você não consegue ver além de tudo isso, além da maneira como ela finge que nada importa para proteger a si mesma, então não merece conhecê-la. É tudo encenação, Midnight. É *encenação*. Ela tem se aperfeiçoado desde criança e por isso é tão boa, mas é só cena.

Poppy, soluçando e gritando quando percebeu que eu ia realmente abandoná-la, sozinha, naquela casa...

O quanto eu conhecia a garota com quem compartilhara minha cama durante um ano?

Thomas recomeçou a falar. Ele estava encarando o mirante e tagarelando, como se eu nem estivesse ali.

— ... Briggs e seu gênio, as coisas que ele disse, naquela última vez, quando ele me pegou com ela. Poppy só riu de tudo, como sempre, mas foram coisas tão cruéis, tão *cruéis*. Ele disse que ela era uma mentirosa, uma pirralha mimada. Disse que ninguém jamais a amaria de verdade e que ela não era digna do amor, que merecia morrer sozinha. Mas ninguém merece isso, ninguém...

Thomas pôs as mãos sobre os olhos e apertou. A chuva recomeçou a cair; as gotas atingiam seus dedos e desciam pelos punhos e antebraços. Fechei o zíper da minha jaqueta e esperei.

Ele tirou as mãos do rosto e olhou para mim, seus olhos vermelhos, vermelhos.

— Estou com medo de Poppy ter fugido. Ela fez isso uma vez, no ano passado. Sumiu durante três dias. Sabia disso?

Eu sabia.

— Precisamos encontrá-la. Precisamos ajudá-la, Midnight.

— OK — respondi. — OK, Thomas.

— Então vai me ajudar? Vai me ajudar a procurar? Não confio em Briggs. Não confio em nenhum dos outros Amarelos. Não quero que eles saibam. Eles odeiam Poppy. Seguem-na por todo lado e fazem o que ela manda, mas todos a odeiam.

Olho para a grama molhada, e as laterais da minha visão ficam embaçadas, um redemoinho verde embaçado. Por um segundo fico enjoado de novo. Coloco uma das mãos sobre o peito e respiro fundo.

Será que Thomas tinha razão?

Vocês todos devem realmente me odiar, sussurrara ela para mim lá no sofá da casa de Roman Luck. *Vocês devem realmente me odiar muito.*

— O que você não quer que os Amarelos saibam? Que ela sumiu?

— Não, eles já sabem que ela sumiu. Não quero que eles saibam sobre a carta. — Thomas enfiou a mão no bolso do casaco e dali tirou um pedaço de papel preto. — Encontrei isso ontem à noite no nosso esconderijo. O meu e de Poppy. Estava no buraco de uma das árvores do cemitério Green William. Ninguém sabe desse esconderijo além de nós dois.

Ele me entregou o papel, seus olhos estão quase implorando.

Abri a carta, protegendo-a da chuva com o braço.

Letras prateadas, prata sobre preto:

Estou com medo, Thomas. Estou com medo de mim mesma, estou com medo do que vou fazer.
Quando chegar a hora, eu vou pular, sei que vou.
Não conte aos outros Amarelos, eles não vão entender,

conte para Midnight, apenas para Midnight.
Lembra de quando escalamos o Jack Três Mortes *de noite e observamos os esquiadores no Monte Jasper, e o teleférico estava aceso como se fosse Natal? A sensação de sermos deuses gregos, sentados no Olimpo. Você disse que eu fora feita para aquilo, rindo dos mortais e de suas vidas patéticas e triviais...*
Esta vida, minha vida...
Não é trivial.
É...
Minha.
Minha, minha, minha.

Levei o papel até o nariz. Tinha cheiro de jasmim.

— É uma pista — disse Thomas. — Ela quis deixar uma pista. Podemos usar a carta para encontrá-la.

E tinha alguma coisa no modo como ele disse aquilo, alguma coisa em seu tom de voz, que me fez duvidar.

Olhei por cima do ombro, por todo o perfeito jardim verde da casa de Poppy.

Nada.

Ninguém.

Será que era mais um dos truques de Poppy? Como quando ela se escondeu na floresta e fez os Amarelos pararem a gente e exigiu aquele concurso de beijos idiota? Será que ela sairia de trás de um dos arbustos de lilases gargalhando até não poder mais por eu ser tão facilmente enganado? Seria essa a sua vingança pelo que Wink e eu fizemos com ela? Uma armação elaborada com cartas, pistas e Amarelos?

Ou talvez não fosse aquilo. Nem de perto.

Talvez isso não fosse uma questão de vingança.

Talvez fosse totalmente outra coisa.

Thomas pegou a carta de volta, guardou e olhou para cima, na direção da janela do quarto de Poppy, a que ficava de frente para a rua.

— Tenho uma sensação de que, se não encontrarmos Poppy logo, nunca mais a encontraremos. Já li e reli a carta vinte vezes, cem vezes. O que ela significa? Qual é a pista?

Wink

ENCONTREI O GAROTO, o alto, de cabelo escuro, com olhos de cores diferentes, azul e verde, um céu e outro mar. Eu estava caminhando entre as árvores na chuva, pensando que talvez pudesse ver os solenes Estranhos dançando ao som de canções melancólicas num pedaço de mata salpicado pelo sol, como fizeram em *Edric selvagem e a menina de Londonderry*. E foi quando o vi, mexendo na terra atrás da casa de Roman Luck.

Ele não pareceu surpreso ao me encontrar parada ao seu lado. E olhou quase através de mim, como se eu nem existisse. Estava de joelhos, cavando a terra e as agulhas mortas de pinheiro com as próprias mãos, parecendo meio louco. Ele não parava de olhar para trás, como se as árvores estivessem escondendo coisas atrás de seus grandes troncos, o que talvez estivessem fazendo mesmo.

O garoto de cabelo escuro ficou de pé e pegou alguma coisa do chão onde estivera ajoelhado. Uma pá.

Não havia um bom motivo para levar uma pá à floresta. Não havia um motivo *razoável*. Os antigos levavam pás até a floresta, escavavam coisas e as encantavam depois. Faziam as coisas desenterradas parecerem os bebês que haviam roubado e que estavam criando como se fossem seus. E às vezes o povo voltava e enterrava aqueles bebês roubados de novo na terra, se eles choravam muito e não agradavam. Mas o garoto de cabelo escuro não estava fazendo isso. Ele nem saberia nada sobre isso.

— Por que está cavando? — perguntei.

A chuva havia parado, e o sol começava a aparecer, então o garoto de cabelo escuro e olhos de cores diferentes assentiu para mim, de um jeito dócil.

— Poppy desapareceu — disse ele.

— Muita gente desaparece.

— Fui horrível com ela — continuou ele. — Horrível, horrível. Ela acha que a odeio.

— Não, ela não acha — afirmei.

— Ela deixou um bilhete.

— Deixe-me vê-lo.

E ele enfiou uma das mãos sujas no bolso e de lá tirou um pedaço de papel preto com letras prateadas.

Briggs.
Briggs, lembra da vez que você me deu aquela bolinha de gude, a grandona com o risco dourado no meio que você disse que havia ganhado em uma briga quando era criança, zoei você por gostar de bolinhas de gude, mas você simplesmente me ignorou e disse que combinava com meu cabelo dourado e que eu devia ficar com ela? Estávamos na floresta bebendo limonada em xícaras de chá e, de repente, eu fiquei emotiva, e pedi a você que enterrasse a bolinha debaixo daquele grande pinheiro

entre os dois pequenos álamos para que eu sempre soubesse onde ela estava.
Você me odeia, Briggs. Vocês todos me odeiam, e eu mereço. Mereço cada grama de ódio.
Eu queria ter guardado aquela bolinha de gude dourada. Queria estar com ela agora. Me prometa que vai encontrá-la, precisa prometer, mesmo que esteja com raiva, mesmo que me odeie, prometa que vai.
Peça ajuda a Midnight para procurá-la. Ele é bom em encontrar coisas.

— Posso ficar com isso? — perguntei, levantando a carta, mas Briggs já havia ido embora.

O garoto com olhos de cores diferentes partiu para o meio da floresta, pequenas nesgas de sol atravessando a copa das árvores e fazendo sua pá prateada cintilar. Ele adentrou a floresta até desaparecer.

Poppy

AGORA SÓ SAIO à noite, ando pela mata e deito nas agulhas de pinheiro, a luz das estrelas me cobrindo como um cobertor bem fino.

Entro de mansinho no quarto de Midnight, e ele dorme tão pesado que nem acorda quando encosto meus lábios nos seus.

Faço todo tipo de coisa depois que anoitece, algumas coisas que eu costumava fazer, mas coisas novas também. Vejo tudo. Espiono os Amarelos, e eles nunca percebem que estou lá. Não conseguiriam me ver nem se tentassem, sou boa em me esconder, melhor que qualquer um poderia ser. Eu era óbvia antes, barulhenta e óbvia, querendo todos os olhares em mim, precisando, olhem para mim, me idolatrem. Mas agora ninguém jamais me vê, e eu gosto, gosto mesmo. Só tem um lugar ao qual não vou, não volto à casa de Roman Luck, odeio aquele lugar, odeio, odeio, odeio.

Midnight

BEE LEE ADORMECEU encostada em mim enquanto Wink lia *A coisa nas profundezas* no palheiro, após o jantar. Felix estava com sua nova namorada no jardim, mas Peach e os gêmeos escutavam em silêncio. Sempre me surpreendia como eles três podiam ser tão bagunceiros, mas se acalmarem tão rapidamente quando Wink começava a contar uma história.

Eu queria contar a Wink sobre Thomas e a carta. Mas, quando a encontrei no palheiro com os Órfãos, estavam todos parecendo tão aconchegados e felizes que não consegui.

Mais tarde.

O Ladrão estava na Ponte sem fim sobre o rio Slay. A velha mulher que protegia a ponte não o deixava passar a não ser que ele jogasse "Cinco Mentiras e Uma Verdade" com ela. No final, todas as seis eram mentiras. O Ladrão acertou e ganhou; a velha gritou de raiva e arrancou os próprios fios longos e brancos.

— *A Ponte sem fim levava às Colinas do arrepio, onde o Ladrão enfrentaria sua maior provação. Se ele atravessasse as colinas e não enlouquecesse, finalmente alcançaria* A coisa nas profundezas. *Ele lutaria contra ela e a mataria com a espada que o pai lhe deixara, assim vingaria seu verdadeiro amor, Trill...*

A voz suave de Wink subia até as altas vigas do celeiro e ecoava. Fazia eu me sentir calmo e em paz, como se tudo estivesse bem. Bee Lee tinha palha em seu cabelo castanho, e eu a retirei, gentilmente, para que não acordasse. Sua mão estava agarrada à minha, mas ficara mole depois que ela adormecera.

Wink estava usando sua voz de Colocar os Órfãos para Dormir. Eu me encostei nela, assim como Bee estava encostada em mim. Levantei a mão e pus um punhado de cachos ruivos atrás da orelha de Wink e, então, comecei a contar as sardas em seu braço direito, o que segurava o livro. Fiz aquilo bem quietinho, para ainda conseguir escutar sua voz. Apertei cada uma das sardas com a ponta do dedo, cheguei até o número vinte e três, e meus olhos também se fecharem.

Wink virou a página e abri os olhos novamente.

Fechei.

Abri.

E então a vi.

Ali, no alto da escada.

Poppy.

Sua silhueta contra as estrelas, o cabelo loiro-claro, a luz atravessando-a como se ela estivesse acesa por dentro.

Fechei meus olhos.

Abri.

E ela não estava mais lá.

Eu imaginara.

Não imaginara?

Como o cheiro de jasmim no meu quarto, eu tinha imaginado.

Wink fechou o livro, guardou-o no bolso e olhou para mim.

— Midnight, você tá tremendo. Está com frio?

Apenas assenti.

— Devíamos todos beber um pouco de leite dourado — sugeriu ela, mais alto. — Quem quer leite dourado antes de dormir?

Todos quiseram. Até Bee Lee acordou e sussurrou:

— Eu quero leite dourado.

Fomos até a cozinha dos Bell e bebemos o leite quente com açúcar mascavo, cardamomo e açafrão. Min estava fora, "colhendo ervas da floresta sob a luz do luar", Wink contou, casualmente, como se isso fosse normal.

Felix entrou sozinho depois de um tempo. Ele se serviu de uma xícara do escaldante leite dourado, se apoiou na bancada de um jeito satisfeito e sorriu para a irmã.

— Estou pensando em levar Charlotte à mina Gold Apple amanhã para vermos os cavalos. Ela me disse que gosta de cavalos.

Wink balançou a cabeça.

— Não é um bom momento para ir à mina.

Felix ergueu as sobrancelhas.

— Por quê?

Wink tomou um gole da xícara, e o vapor fez seu rosto corar.

— Essa semana é o aniversário do acidente que matou vinte e sete garimpeiros da mina Gold Apple e que fechou a mina. Seus espíritos estarão presentes, Felix. Não devia ir até lá. Charlotte não vai gostar. Ela não vai entender.

Felix concordou com a cabeça, como se fizesse perfeito sentido.

— Talvez a gente vá em setembro então. As folhas estarão lindas quando virar a estação.

— Vi uma coisa na mata ontem à noite — começou Peach, do nada, como crianças normalmente fazem. Havia uma mancha amarela de açafrão em volta de sua boca, e a expressão em seu rosto era animada e diabólica.

— Foi o veado branco? Ele voltou? — Wink olhou para mim. — Tem um veado albino que vive na floresta. Às vezes o vemos. Ele é muito tímido e muito nobre.

Bee Lee pegou minha mão e desviou os olhos castanhos para cima.

— Em *Perdidos na floresta de esmeraldas*, Greta diz aos irmãos que ver um veado branco é sinal de sorte e que então você pode ter seu desejo realizado, como acontece com uma estrela cadente.

Wink sorriu para a irmãzinha.

— Bee está louca para desejar algo para o nosso veado branco... Ela quer um navio.

— Um bem grandão — disse Bee, a voz suave e ofegante. — Com um grande leme de madeira e velas e um livro de registros de capitão e um telescópio.

Wink riu.

— Não tem nenhum oceano perto daqui, mas isso não é empecilho para Bee.

— Que bom para você, Bee — observei. — Desejos e realidade não se misturam de qualquer maneira...

— Não. *Não, não, não.* — Peach estava sacudindo a cabeça, o cabelo ruivo se agitando. Seus cachos eram ainda mais bagunçados que os de Wink, além de mais compridos.

Os caracóis vermelhos passavam de seus cotovelos. Ela usava um vestido azul, e seus pés estavam descalços e bem sujos. — Não foi o veado branco que vi. Foi uma garota.

— Também a vimos — revelou Hops.

— Estava usando um vestido escuro — acrescentou Moon. — E seu cabelo era da cor das estrelas.

Wink piscou, e seu rosto não revelou nada, nadinha.

— Quando foi isso? Quando viram essa garota?

— Ontem à noite, depois do jantar. Estávamos nas árvores, brincando de "Siga os Gritos". — Peach se inclinou para Wink e colocou a boca perto do ouvido da irmã, cochichando alto o bastante para que todos escutássemos. — Ela me viu. Não viu Hops nem Moon porque estava na vez deles se esconderem, mas ela me viu e disse que era um fantasma. Depois perguntou se eu estava com medo. Mas eu não estava. Não tenho medo de fantasmas.

— Isso é verdade — concordou Wink, ecoando o cochicho alto de Peach. — Você não tem medo de nada.

Peach concordou com a cabeça.

— E então fechei meus olhos e contei até dez, como deve ser feito quando vir um fantasma ou uma fada. E, quando os abri de novo, ela tinha sumido.

Hops bocejou e esfregou o nariz sardento com a palma da mão.

— Não era simplesmente uma garota qualquer na floresta.

Moon também bocejou e espreguiçou os braços magros para o alto.

— Nós reconhecemos ela. Era aquela amiga de Leaf, que o beijava. Ela costumava vir ao celeiro às vezes.

Permaneci calmo. Estava tão calmo. Fiquei sentado ali à mesa da cozinha e apenas sorri; de jeito nenhum as crianças poderiam ter adivinhado que meu coração começara a berrar.

Poppy

TRÊS DOS ÓRFÃOS de Wink estavam brincando na mata, correndo entre as árvores no escuro. A menina gritava, suavemente e com veemência, e os garotos seguiam.

A menina me pegou no flagra. Ela apareceu do nada, silenciosa. Disse a ela que eu era um fantasma. Mas ela simplesmente deu de ombros, parecendo a irmã mais velha. Eu aleguei que ela devia estar com medo, que devia fugir. Falei que aquilo não teria final feliz. Disse que eu era muito má e que não havia mais esperanças para mim... mas ela simplesmente balançou a cabeça e voltou para os seus gritos.

Observei as crianças, observei a todos no celeiro mais tarde, subi a escada e não fiz nem um som, não dei um pio. Vi Midnight contando as sardas de Wink. Escutei Wink falando e falando sobre *A coisa nas profundezas*, ela nunca calava a boca sobre aquele livro, santo Deus, mas Midnight devorava, devorava obedientemente, ele ajeitou o cabelo grosso cor de rubi para trás da orelha da garota e a olhou de um jeito que Leaf nunca me olhou.

Eu andava pensando muito ultimamente, havia alguma coisa sobre o escuro, sobre o silêncio e sobre estar sozinha, que me acalmava e me deixava mais esperta. Eu já era esperta, Deus sabe que era mais esperta que todos eles, mas agora era esperta de um jeito diferente, e captava tudo e notava tudo, notava de verdade. Quando entrava no rio, eu me esbaldava com o frio, saboreava a sensação das pedras lisas sob meus pés. Parei de pensar em mim. Mal pensava em mim agora. Pensava tão pouco em mim que comecei a ter medo de antes ter sido a única coisa me mantendo viva... e que agora que eu não era mais o centro da minha atenção, poderia desaparecer, sumir em pleno ar, e ninguém jamais ficaria sabendo.

Midnight

WINK E EU fomos ao rio Curva Azul depois de colocarmos os Órfãos na cama.

A lua estava clara e brilhante, e Wink me mostrou um atalho. Descendo a estrada de cascalho entre nossas casas, mais oitocentos metros, e uma virada à direita pelo milharal que ficava próximo. Milhos coloridos, o único tipo que cresce na altitude que estamos.

O campo pertencia a um jovem e barbado fazendeiro de orgânicos, e Wink contou que ele estava sempre plantando coisas novas e estranhas, como beterrabas amarelas e couves-flores roxas, pimentões da cor de chocolate e rabanetes cor de melancia. Os restaurantes chiques de Broken Bridge adoravam. Eles se gabavam daquilo em placas desenhadas com giz nas calçadas: *capellini da casa feito com alho-poró orgânico, quinoa vermelha do Colorado e aspargos brancos grelhados com flocos de chilli e parmesão, cogumelos, romesco e salsa*. As estrelas de cinema vinham às montanhas para esquiar na neve e fugir de Hollywood, mas aquilo não significava que estavam dispostas a abrir mão do menu sofisticado de Los Angeles.

Segui Wink, as garras dos pés de milho puxando o seu cabelo e a barra da saia de bolinhas. O milharal vinha até a cintura e já era assustador como o diabo, sussurrando, farfalhando no escuro. Suspirei aliviado quando empurramos os últimos caules de milho e chegamos à ribanceira do rio.

O Curva Azul estava limpo e gelado, correndo das montanhas, brilhante, agitado, com neve derretida. Sentamos na grama, bem na beirinha, Wink na minha frente. Eu não escutava mais o farfalhar do milharal. Havia sido engolido pelo som da água correndo pelas pedras, e fiquei grato por aquilo.

— Não mostre este atalho aos Órfãos, tá, Midnight? Min acha que eles podem se afogar. Só venho aqui quando eles estão dormindo.

Assenti.

Wink tirou as sandálias vermelhas e pôs um dos pés dentro d'água.

Ela tinha os pés pequenos. Praticamente cabiam na palma da minha mão.

Ela colocou a mão no bolso e dali tirou uma vela. Então a apoiou numa pedra que havia por perto, pegou uma caixa de fósforos e acendeu o pavio.

Ela mexeu no bolso mais uma vez e tirou um baralho amarelo de tarô.

Um coiote uivou, alto e sinistro. Não parecia muito perto, mas também não muito longe.

Wink embaralhou as cartas. Eram mais novas que as de sua mãe. Menos gastas nos cantos.

Fiquei encarando Wink enquanto ela embaralhava.

Precisamos falar sobre aquilo.

Precisamos falar sobre a carta que Thomas me mostrou. Precisamos falar sobre Poppy estar desaparecida.

Precisamos falar sobre a garota que os Órfãos viram na floresta.

— Não sou nem de perto tão boa quanto Min ou Leaf. — Wink me alertou, suas palavras apressadas, como se estivessem apostando corrida com o rio. — Sou bem melhor com auras e fantasmas. Mas Min não lê mais as cartas para mim. Ela leu o tarô para Bee Lee uma vez, e as cartas lhe revelaram que Bee morreria jovem. Min se recusou a continuar lendo para nós depois daquilo. Ela só lê nossas folhas de chá e as palmas das nossas mãos. E, mesmo assim, só em busca de coisas pequenas.

Wink, cabelo ruivo caído sobre os ombros, dispôs as cartas num formato de cruz sobre a grama.

— Wink?

— Sim?

— Poppy está desaparecida.

— Eu sei. É por isso que vou tentar ler as cartas.

— Deve ter sido ela que Peach viu na floresta, certo?

Wink não olhou para mim nem disse nada.

— O que ela estava fazendo na floresta?

Wink deu de ombros.

— Hoje vi Thomas perto da casa dela. Ele me mostrou uma carta e disse que precisamos encontrá-la... disse que a carta era uma pista para encontrar Poppy.

Wink levantou a cabeça.

— O que a carta dizia?

— Ela falava sobre subir o morro Jack Três Mortes com Thomas, sobre deuses gregos, e ela disse alguma coisa sobre pular e sobre como Thomas devia confiar em mim. O que acha que significa, Wink?

Wink se remexeu e colocou a mão no bolso de sua saia de bolinhas mais uma vez. De lá tirou um pedaço de papel preto e o entregou a mim.

Eu o segurei diante da chama e li.

— É outra pista. — A cabeça de Wink estava abaixada, olhando mais uma vez para as cartas, nada além de cachos ruivos. — Vi Briggs na mata hoje, cavando. Ele está procurando a bolinha de gude dourada, a que ela menciona na carta. Poppy falou de você nas duas cartas. Isso é interessante.

E era.

Deixo passar um ou dois minutos. Rio correndo, coiote uivando, coração batendo.

— O que as cartas estão dizendo? Sabe onde ela está?

Wink não respondeu.

A chama da vela crepitava.

Apertei os olhos na escuridão e olhei para as cartas. Vi espadas e uma roda. Um cálice e um homem enforcado. Vi uma rainha de copas, de cabeça para baixo. Vi uma torre.

Wink ficou em silêncio por um bom tempo. Finalmente, finalmente, ela levantou a cabeça e olhou para mim, em cheio e franzindo o cenho.

— As cartas estão se contradizendo.

Uma brisa soprou do rio e apagou a vela. Escuridão.

— Min é bem melhor nisso. Não tenho o dom, Midnight. Não sei onde ela está. — Wink manteve o dedo sobre uma das cartas. — Ela parece estar em dois lugares ao mesmo tempo.

— Por que não voltamos para casa e pedimos a Min para encontrar Poppy? Talvez ela saiba o que as cartas querem dizer.

Wink balançou a cabeça negativamente.

— Já tentei isso. Min leu as cartas de Poppy, mas não me contou o que revelavam. Às vezes ela faz isso.

Wink enfiou a mão no bolso, tirou um fósforo e reacendeu a vela. Seu rosto pálido de novo à vista. Ela pegou as cartas, as guardou e envolveu meu pescoço com os braços, pondo os pequenos pés gelados sobre os meus.

— Quem os Órfãos viram? Quem você acha que era, Wink?

Ela deu de ombros novamente, e eles esfregaram meu peito no movimento.

— Talvez tenha sido Poppy. E talvez eles estejam mentindo. Nunca se sabe com Peach e os gêmeos.

Abraço as pernas de Wink e beijo seus joelhos magros. Wink coloca as mãos no meu cabelo, seus polegares atrás das minhas orelhas. Beijo a chave mestra que está na corrente em volta do seu pescoço. Movo a chave com o nariz e beijo sua clavícula.

— Midnight, do que você tem medo?

— Humm?

— Tem medo de alguma coisa, como Poppy tem medo da casa de Roman Luck?

— Não sei. De cair, talvez.

— Cair?

— Cair. Tenho pesadelos sobre isso às vezes.

— Muita gente tem pesadelos com isso.
— Tem?
— Às vezes Bee Lee acorda aos berros. Ela sonha que adormeceu numa nuvem, mas então chega uma tempestade repentina, o relâmpago a sacode, e ela cai.

Concordei com a cabeça.

— Sonho que estou correndo por uma floresta ou por um campo, mas não sei por quê. Estou apenas correndo de alguma coisa e, de repente, surge um penhasco diante de mim e eu não vejo, em seguida, estou caindo de um barranco alto, passando por paredes de rocha e pedras, e o meu corpo se quebra, posso ouvir todos os ossos rachando pouco antes de despertar.

Wink suspira de leve.

— Min acha que sonhos preveem o futuro. Mas eu não sei. Acho que sonhos são apenas sonhos, na maioria das vezes.

— Bem, acho que meu sonho está tentando me dizer para deixar de ser covarde. Alabama não tem medo de altura. Ele não tem medo de nada. Nem de altura, nem de pular de penhascos, nem de morrer.

— Todo mundo tem medo de morrer, Midnight.

E ela não falou e eu também não, mas estávamos ambos pensando em Poppy, amarrada na casa de Roman Luck, chorando, gritando, enlouquecendo de medo, batendo nas portas da morte.

— Midnight.

Meu pai, chamando do sótão. Subo devagar as escadas estreitas.

Ele estava sentado na frente da escrivaninha, cercado de livros, como sempre. Parecia um pouco sonolento.

— Está tudo bem?

— Sim, pai. Claro que está.

Ele tira os óculos de aros grossos e esfrega os olhos. Tira as mãos dali e olha para mim novamente. Seus olhos azuis parecem nus sem as lentes.

— Você parece diferente, Midnight. Conheço o som dos seus passos tão bem quanto conheço as batidas do meu próprio coração. Estão mais pesados essa semana. E não vejo essa expressão em seu rosto desde que... desde o inverno passado. O que há de errado?

Considerei aquilo. Contar tudo a ele. Mas ele não saberia o que fazer com Poppy. Não saberia mesmo. Entendi isso de repente, ruidosamente, como se alguém tivesse gritado as palavras de um telhado.

Era algo que Alabama sempre compreendera sobre si mesmo, imagino.

— Está tudo bem — afirmei. Forcei um sorriso e me certifiquei de que o sorriso se espelhava em meus olhos. — São só problemas com garotas, pai. Nada demais.

Ele assente e recoloca os óculos. Seus ombros relaxam um pouco. Fiquei imaginando se ele estava com medo de eu perguntar alguma coisa sobre mamãe. Sobre quanto tempo mais ela ficaria na França.

Meu pai voltou para seus livros. Desci as escadas em direção ao velho telefone preto de disco na cozinha. Os azulejos brancos me davam uma sensação boa nos pés gelados. O número estava colado na geladeira. Liguei, mas apenas chamou sem parar. Ninguém atendeu. Que horas eram na França? Eu não sabia.

Subi novamente as escadas, desabotoei a camisa, tirei a calça e subi na cama. Enfiei o rosto no travesseiro, bem ao lado de *Will e as caravanas negras*. Respirei profundamente. Senti cheiro de livros e de jasmim.

Wink

AS CARTAS SOBRE a grama contaram toda a história, com espadas, varinhas, taças, moedas, rainhas, reis, valetes e loucos. Midnight não conseguia interpretá-las, mas eu sim, apesar do que havia afirmado.

Peach e os gêmeos viram uma garota na floresta, mas Bee Lee também viu uma coisa.

Ela esteve perto do rio alguns dias atrás. Não tinha permissão de ir sozinha até o Curva Azul, mas amava observar os peixinhos rodopiando na espuma branca da água, e não me dava ouvidos, não quando se tratava disso.

Ela voltou correndo pela estrada de cascalho, as bochechas coradas e o cabelo molhado grudado na testa.

— Eu vi uma garota — começou ela —, uma garota de cabelo comprido amarelo e vestido preto, como a princesa de uma história. Ela pulou no Curva Azul. E ninguém pode nadar no rio, ele é rápido demais e você se afoga. Você engole água, seus pulmões se enchem e você se *afoga*.

— Me mostre — pedi.

Segui minha irmã até o lugar, a cerca de um quilômetro e meio descendo pela estrada de cascalho... mas não havia vestígio algum da menina na água. Apenas redemoinhos brancos de espuma.

— Eu vi — afirmou Bee. — Vi mesmo, Wink.

Assenti, porque eu sabia.

Foi a primeira vez que tive dúvida. Só uma pontada, só um pouquinho, nada mais que os bebês Imps e Plum beliscando as irmãs Hix no campo de campânulas em *A Bruxa Verde da colina Cachorro Negro*.

Naquela noite, depois que Midnight voltou para casa e depois que terminei minhas tarefas, entrei de fininho na cozinha, fechando a porta de tela com cuidado para que não batesse. Coloquei a cesta sobre a bancada e subi as escadas na ponta dos pés. Bee Lee estava dormindo na minha cama. Ela fazia aquilo quando tinha pesadelo. Deitei ao lado dela e afastei seu cabelo do rosto. Ela abriu os olhos.

— Onde você tava, Wink?

— Colhendo morangos silvestres na floresta — respondi. — Morangos silvestres colhidos sob a luz da lua têm poderes mágicos. Vou te dar alguns amanhã, com açúcar e creme. E então vamos ver o que acontece.

— Vou virar sapo?

Concordei com a cabeça.

— Vou virar uma princesa?

Concordei de novo.

Ela sorriu e voltou a fechar os olhos.

Midnight

— Tem duas garotas esperando você nos degraus da frente.

Papai havia acabado de voltar de sua corrida. Mais de quatro quilômetros toda manhã, três toda noite. Escorria suor de sua nuca, e seu rosto estava vermelho.

— Nem a loira nem a ruiva. Duas garotas novas.

Afastei a tigela de granola caseira com leite que eu estava beliscando. Não estava com fome mesmo. Atravessei a cozinha e fui até a porta de tela da entrada.

Listras.

Elas viraram as cabeças e me olharam por cima dos ombros.

— Você sabia — começou Buttercup, os olhos pesados, voz rouca, cabelo negro escorrendo — que Poppy está sumida?

— Sumida — disse Zoe, eco, eco. Ela subiu e desceu o queixo, e os cachos castanhos seguiram o movimento.

O ar matinal tinha um aspecto enevoado, turvo e meio que fantasioso. Devia ter chovido durante a noite mais uma vez. Olhei para a fazenda Bell. Estava estranhamente quieta. Havia um carro diferente na entrada da garagem, então Min devia estar fazendo uma leitura. Mas não vi Wink nem os Órfãos.

Buttercup e Zoe sem Poppy nem os outros Amarelos... Elas pareciam menos assustadoras de alguma maneira. Quase vulneráveis. Sentei no degrau ao lado de Zoe, e ela moveu a barra de seu vestido preto para abrir espaço.

Assenti para as duas.

— Buttercup. Zoe. — Era estranho dizer seus nomes pela primeira vez sem a sensação rotineira de horror na língua. — É, eu sei que Poppy sumiu. Por que estão aqui?

— Não sei — respondeu Buttercup, e seus olhos escuros me lembraram os de Wink. Abertos e inocentes. — Isto é, sim, eu sei.

— Sim, sabemos — ecoou Zoe.

Buttercup tirou a mochila de caveiras do ombro e revirou seu interior. De lá ela tirou uma coisa fina e preta, e a segurou na ponta dos dedos, com muito cuidado, como se fosse veneno.

— Toma.

Obedeci. Era uma folhinha de papel, dobrada ao meio. Fiquei olhando para ela na palma da minha mão.

— Poppy gosta de escrever de caneta prateada no papel preto — informou Buttercup. — Encontrei isso na minha mochila hoje de manhã.

Abri o papel. Letras prateadas num fundo carvão.

Era a letra de Poppy, assim como na carta de Thomas. E de Briggs. Eu conhecia as voltas do *g* de Poppy. Também reconheci a barriga saliente do *b*. Eram tão familiares quanto as veias azuis dos seus braços brancos como lírios.

Buttercup e Zoe,
É para o melhor, juro que é, e tenho sempre razão, sempre tenho.
Lembram daquela vez que fomos colher maçãs outono passado? Roubamos um balde delas daquela velha e grande árvore perto da escola primária abandonada, e fiz vocês escreverem poemas sobre maçãs enquanto eu os inventava na hora, e os poemas eram só sobre mim, sobre como eu tinha olhos cinza e maçãs do rosto rosadas, e como eu comandava com punho de ferro e como eu era a menina dos olhos de todo mundo?
Como vocês me aguentaram?
Nem eu me aguento mais.
Deviam conversar com Midnight.
Ele tem coisas para contar a vocês.

— Estou com uma sensação ruim — confessou Buttercup, estremecendo, rápida e gentilmente, como as folhas brilhantes do álamo ali perto. Ela esfregou os dedos compridos e magros nas meias listradas. Suas unhas não estavam pintadas de preto, como de costume. Tinham um tom simples e natural de cor-de-rosa. — Acho que Poppy fez alguma coisa contra si.

Zoe limitou-se a assentir.

Aquela sensação voltou, a da casa de Roman Luck, a de enjoo, pouco sono e daquele medo que deixa a pele pegajosa.

— Ela não faria isso. Poppy não é esse tipo de garota.

— Quem vai saber que tipo de garota Poppy é. — Zoe. Desta vez sozinha.

— Que coisas você tem para nos contar? — indagou Buttercup. — Ela disse na carta que você tinha coisas para nos contar.

Poppy queria que eu contasse sobre a casa de Roman Luck. Sobre o que eu e Wink fizemos com ela. Eu sabia que era isso. Mas, em vez de contar, apenas dei de ombros, como Wink faz.

— Poppy também deixou bilhetes pretos como esse para Thomas e para Briggs... Talvez seja isso que ela queria que vocês soubessem. Thomas acha que são pistas para descobrir para onde ela foi. Mas eu ainda não me decidi. Estou pensando.

Buttercup abre então um sorrisinho para mim, sem batom vermelho.

— Decidimos que sentimos muito por termos sido cruéis com você no passado, Midnight.

Fiquei encarando-a por um segundo. Ela parecia sincera.

— Tudo bem.

— Não está tudo bem. — Zoe. Os cachos grossos de fios castanhos roçavam as maçãs do rosto. Estava encarando suas botas pretas, os dedos dos pés se tocando, os tornozelos para fora. — Poppy era má influência para a gente. Agora vemos isso.

Buttercup concordou com a cabeça.

Pensei em Poppy na casa de Roman Luck, os braços para cima, sangue seco no rosto, sussurrando *você não voltou, você me deixou aqui e não voltou...*

Se Poppy era má influência, então eu também era.

De repente ficou tudo meio embaçado, enevoado, embaçadooo...

Pisquei. E respirei fundo. De novo e de novo.

— Eu acompanho vocês duas até em casa — falei.

Encontramos Thomas e Briggs no caminho da cidade. Estavam a quase um quilômetro do casarão de Roman Luck. Briggs estava parado no meio de três montes de terra com uma pá ao lado, largada no chão. Ele levantou a cabeça para nos olhar, e passou a mão na testa. Suas unhas estavam sujas e havia vergões negros na pele das mãos.

Thomas estava em pé perto dele, como se tivessem acabado de conversar.

— O que estão fazendo? — Buttercup estava de braços cruzados e seus cotovelos subiam e desciam conforme ela respirava.

Briggs balbuciou alguma coisa, pigarreou e repetiu mais alto:

— Estou procurando uma bolinha de gude. — Pausa. — É besteira, eu sei. Jamais vou encontrá-la. Mesmo assim... eu precisava tentar. Vocês deviam estar me ajudando, a propósito. — Briggs olha para mim de canto de olho.

E então o encarei.

— Vi sua carta. Wink me mostrou.

Thomas colocou a mão dentro do bolso com zíper de seu jeans de grife e tirou o seu pedaço de papel preto escrito por Poppy.

— Eu estava dizendo a Briggs agora mesmo que acho que as cartas são pistas.

— Pistas para encontrar Poppy — acrescentou Buttercup.

— Por que diabos ela fugiria para começar? — Briggs deu um gemido, profundo e triste. Ele arrancou a camiseta suada e atirou no chão. — O que aconteceu para desencadear tudo isso?

Pego a pá e a seguro atrás das costas.

Eu precisava contar a eles. Precisava encarar aquilo e ser o herói, contar aos Amarelos o que tinha acontecido com a sua destemida líder.

— Wink e eu a enganamos. Amarramos Poppy no piano de cauda da casa de Roman Luck e a deixamos lá a noite toda.

Os quatro Amarelos ficaram imóveis.

— Fizeram o *quê*? — Briggs. Ele inclinou a cabeça.

Minhas mãos suavam ao redor do cabo de madeira, suadas e escorregadias.

— Nós a amarramos no piano e a deixamos na salão de música até amanhecer. Quando voltamos ela estava... ela estava *fraca*, se é que faz sentido. Eu nunca achei... Jamais achei que aquilo a derrubaria, não daquele jeito. E não a vi mais desde aquela manhã.

O que era mentira, porque eu *havia* visto Poppy no alto do celeiro, por uma fração de segundo.

E sentira o seu perfume no meu quarto todas as noites também.

Mas os Amarelos não precisavam saber disso. Eu podia ter imaginado tudo, de qualquer maneira.

Foquei em Briggs, considerando que era ele quem mais me preocupava. Seu rosto estava vermelho, e aquilo descia pelas bochechas até o pescoço.

Era agora. Os Amarelos iam me dar uma surra. E eu merecia.

Briggs tentou pegar a pá, e ela escorregou da minha mão suada. Eu nem resisti. Ele jogou o braço para trás e...

E a atirou. Passou direto por mim. A pá bateu numa das árvores com força e caiu no chão, um estampido baixo e suave.

Depois daquilo, Briggs ficou parado ali, me encarando.

Ele não parecia mais zangado. Parecia apenas cansado.

— Não culpamos vocês por armarem para ela. — Buttercup pôs uma das mãos no meu antebraço e ficou esfregando os dedos na minha pele, do pulso ao cotovelo, para cima e para baixo. — O que Poppy fez com Wink na festa de Roman Luck foi imperdoável.

— Ajudamos Poppy a fazer. — O vento ficou mais forte e soprou o cabelo liso de Thomas em volta de sua cabeça, como se tentando chamar sua atenção. — Ajudamos Poppy a humilhar Wink.

Briggs continuava me encarando, um olho azul, outro verde.

— Vi alguém na floresta ontem à noite. Uma garota bem parecida com Poppy. Só a vi por um segundo, logo antes de ela desaparecer em meio à escuridão mais uma vez. Querem saber o que eu acho?

Ninguém indicou que sim, mas ele continuou de qualquer forma.

— Acho que Poppy está sacaneando a gente.

Longa pausa.

— Ou ela está morta e está nos assombrando — sugeriu Thomas, meio que desafiadoramente, com o queixo erguido, como se esperando que começássemos a rir.

O que Briggs fez.

— Então ela está escrevendo cartas *do túmulo*? Isso é tão idiota. Poppy é uma guerreira, como eu. Ela não desiste fácil.

— Poppy é muitas coisas — falei. E era verdade. — Olha, Wink e eu começamos isso. Seja lá o que aconteceu na casa de Roman Luck, seja lá pelo que Poppy passou, foi o que a fez desaparecer. A culpa é minha.

Buttercup se virou de nada e me deu um abraço. Seus braços eram compridos e quentes.

Minha mãe sempre dizia que o medo trazia à tona a verdade das pessoas. Ela baseou livros inteiros naquela teoria. Acho que a verdade de Buttercup era melhor do que eu imaginara.

— Estou preocupada com Poppy — cochichou ela no meu ouvido. — Estou com medo por ela.

— Eu também — respondi.

— Estou indo para casa. — Thomas começou a andar para longe, falando conosco por cima do ombro. — Vou estudar minha carta e depois procurar cada maldito canto e buraco até encontrá-la.

— A gente te ajuda — disse Buttercup. Zoe assentiu. E Briggs seguiu as duas.

Poppy

O LANCE COM Briggs, a coisa secreta, é que ele nunca machucou uma mosca. Ele era um valentão e, como muitos valentões — como todos os valentões menos eu mesma — no fundo ele era um bebêzão. Pelo menos Midnight era um bebêzão logo de cara, e havia algo a ser respeitado ali, havia mesmo. Antes falei que Thomas era o mais triste, o sensível, mas Briggs... Uma vez vi Briggs chorar por causa de uma coruja-pintada no parque, ela havia quebrado a asa e ficava pulando sem parar porque não conseguia mais voar. Briggs tentou esconder as lágrimas, mas eu vi, e ouvi como ele fungava também, de joelhos na grama, a voz embargada e engasgada; e ele ficava me perguntando sem parar o que ele devia fazer, como se eu fosse alguma espécie de curandeira de asas de corujas-pintadas.

E um pouco antes do pássaro, Briggs andava atormentando um menininho nerd por causa dos óculos fundo de garrafa e da bola de futebol, que ele não conseguia chutar de jeito nenhum. E em nenhum momento ele se tocou daquilo, da contradição.

Eu costumava encontrar os Amarelos pela manhã, não muito cedo, no Lone Tree Joe. No verão, vivia lotado, hipsters ricos com cara de fuinha de férias da faculdade, hospedados nas casas de férias dos pais, até setembro, mas eu era Poppy e precisava ter o melhor, mesmo que aquilo significasse conviver com os pirralhos milionários de fora da cidade.

Parece que faz um milhão de anos, tomar *lattes* caros, batidos com gelo, a combinação perfeita de café e leite, da cor caramelo exatamente certa, senão eu reclamava.

Uma vez convenci Buttercup e Zoe a me ajudarem a cavar minha própria cova. Estávamos entediadas e eu estava com um humor macabro, queria ver como era deitar a sete palmos do chão, como um morto. Fomos para a floresta com pás roubadas da loja de ferragens da Loren. Elas reclamaram e reclamaram, mas finalmente abrimos uma boa cova entre duas árvores. Deitei dentro dela e cruzei os braços sobre o peito, como a Vandinha de *A Família Addams*, então Zoe foi até a beira e disse alguma coisa sobre vermes e aranhas, mas eu nem liguei, fiquei ali durante uns vinte minutos de olhos fechados. Não tive medo nem me pareceu tão mórbido assim, foi só meio tranquilo, na verdade.

Briggs me flagrou observando-o na floresta.

Ele me chamou, meio que triste e desesperado, mas àquela altura eu já tinha disparado, esvoaçando pela noite como uma das fadas de Wink.

Briggs vinha cavando a terra e murmurava algo sobre uma *bolinha de gude dourada*, como se fosse um fazendeiro suado e doido, e eu não consegui entender por que ele estava fazendo aquilo, não por um tempo. Precisei me sentar e deitar na terra da floresta para montar as peças do quebra-cabeça antes de compreender a coisa toda.

Wink

Vi Buttercup e Zoe sentadas nos degraus da casa de Midnight.

Buttercup, elegante como um *selkie*, cabelo negro e liso, e pele cor de oliva como a encantadora e reservada personagem de *Mentiras perdidas e suspiros desertores*.

Zoe, olhos cor de mel brilhantes, cílios negros e grossos, e um narizinho empinado como o da fada de *O saguão dos ratos e as meninas-vassoura*. Quando ela sorriu para Midnight, seu sorriso brilhou tanto quanto os olhos.

Os três ficaram conversando por um tempo e, depois, passaram direto pela fazenda, direto para a floresta, descendo pelo atalho.

Tirei os Órfãos da cama e os levei à cidade para tomarem sorvete no café da manhã. Às vezes fazia isso no verão, quando Min estava envolvida com suas leituras. Fomos a um lugarzinho perto da biblioteca, que era gerenciado por uma moça meio bruxa de cabelo branco e comprido. Ela abria a loja às dez da manhã porque acreditava que sorvete podia ser coisa para o café da manhã. Bee Lee escolheu de morango, ela sempre escolhia morango, mas nunca dava para saber o que Peach e os gêmeos iam querer. Felix quis de pistache, assim como eu.

Estávamos sentados nos bancos verdes do parque, comendo debaixo do sol, quando a vi, parada num beco de tijolos do outro lado da rua, as sombras envolvendo-a como um bando de lobos.

Ninguém mais podia vê-la. Eu sabia que não. Só eu.

Dei o resto da minha casquinha para Hops e atravessei a rua sem pensar, como se ela fosse a sereia loira sedenta de sangue de *Três canções para se afogar*.

Entrei no beco, corajosamente, direto para o bando de lobos-sombra... mas ela não estava mais lá.

Midnight

Fiquei na cozinha escutando. Papai estava lá em cima, no sótão, falando ao telefone. Sua voz flutuava pelas rachaduras do piso de madeira e caía em meus ouvidos, como poeira. Estava falando alemão, com a ocasional frase em latim jogada na conversa. Eu só falava um pouco de francês, mas Alabama era fluente, como a nossa mãe. Meu pai falava quatro idiomas, se contasse latim, e eu contava.

Sua voz era uma canção que eu não queria que terminasse. Fazia eu me sentir seguro. Fazia eu me sentir... normal.

Alguém bateu na porta da frente. Eu estava aguardando aquilo, de certo modo.

Peach estava parada nos degraus, cachos ruivos e pés descalços.

— Siga-me — disse ela.

Então eu a segui, pernas curtas e fortes batendo no chão com o tipo de propósito infantil e determinado. Atravessamos a rua até o jardim. Wink estava sentada ao lado do arbusto de morangos, pés na terra, gordas nuvens brancas protegendo-a do apaixonado sol do meio dia.

— Eu estava no celeiro — começou Peach para mim e para Wink, agora que nos reunira. — Não estava com cheiro de palha. Tinha cheiro de chá ou de flores. E isso estava no chão.

Ela me entregou um pedaço de papel preto.

Wink observou quando peguei o papel, o rosto calmo e passivo, como se não fosse nada, apenas uma coisa comum, mais um bilhete de uma garota desaparecida, deixado no celeiro.

Senti Peach me encarando.

— Eu sei ler — informou ela. — Sei ler todo tipo de coisa. Sou bem boa nisso, melhor que vocês, provavelmente.

— Eu não questionei a habilidade dela, aquilo nem sequer tinha me ocorrido, mas Peach não era o tipo de criança que deixaria aquilo impedi-la de me censurar.

Eu não queria abrir a carta.

Não abriria.

Precisava.

Abri.

Meus dedos estavam pegajosos. Eles deixaram manchas de umidade na folha.

Midnight.
Cabe a você.
Me mostre do que você é feito.
Reúna os Amarelos.
Sigam para a floresta.
Me encontrem.
Me encontrem na névoa.

Li a carta de novo. E de novo. E em seguida a entreguei a Wink.

Peach balançou o cabelo cacheado, seu queixo indo da esquerda para a direita.

— Li a carta e foi assim que descobri que não era para nenhum de nós, Órfãos. *Ir para a névoa* é como Min chama entrar em contato com os espíritos. Se vão fazer uma sessão, eu quero ir.

— Não — proibiu Wink suavemente. — Não a essa. Mas depois podemos fazer outra sessão no celeiro, só a gente, e deixo você ser a médium dessa vez, combinado?

Peach bateu com a ponta do dedo no nariz e começou a assentir.

— Serei uma ótima médium. A melhor de todos os tempos.

Wink sorriu, e as pontas de suas orelhas se abriram entre as mechas do cabelo ruivo.

— Vai mesmo — afirmou ela, muito séria.

Peach saiu em disparada, gritando para Hops e Moon, seja lá onde estivessem, que eles iam ficar com ciúmes porque Wink a colocara como líder de uma sessão espírita e em breve ela estaria mandando em fantasmas e espíritos por aí; era só esperar amanhã no celeiro.

Wink colheu os últimos três morangos dos talos verdes e me deu um.

Brinquei com o morango, girando-o na minha mão.

— O cheiro floral no palheiro que Peach mencionou? É jasmim.

— Poppy usava óleo de jasmim. — Wink levantou o olhar, seus olhos verdes grandes e inocentes, como sempre.

Eu assenti. Não contei a ela sobre meu quarto, sobre como os lençóis e travesseiros tinham o cheiro de Poppy à noite. Eu simplesmente não podia. Era perto demais de admitir que Poppy estivera na minha cama. E eu não queria que Wink soubesse disso.

— Buttercup e Zoe foram à minha casa hoje de manhã. Buttercup encontrou um bilhete preto de Poppy também.

— O que dizia? — Wink comeu um morango, duas pequenas mordidas.

— Alguma coisa sobre mim e alguma coisa sobre uma vez que elas foram colher maçãs. Acompanhei as duas até suas casas e encontramos Briggs e Thomas na floresta.

Contei a eles, Wink. Contei a eles que nós dois somos o motivo por Poppy estar desaparecida. Contei a eles que a amarramos e deixamos na casa de Roman Luck.

Wink enfiou os dedinhos rosados do pé na terra escura, afundando até o calcanhar, até o tornozelo.

— Acho que Poppy se atirou no rio Curva Azul, Midnight. Acho que ela se afogou. E acho que um dos Amarelos está escrevendo essas cartas.

O mundo começou a rodar. Larguei meu morango no chão e apertei os olhos com as mãos. *Pare de embaçar, pare de embaçar tanto, eu não aguento, eu não...*

Sentei na terra, e Wink me abraçou forte. Respirei fundo e tirei as mãos do rosto para poder abraçá-la de volta. Ela estava usando um cardigã verde esfarrapado por cima do macacão, e tinha cheiro de morango, terra e jasmim.

Poppy

Eu estava lá perto do rio quando Midnight deu de cara com os Amarelos, esperando que meu corpo aparecesse boiando ou coisa parecida, apesar de aquilo jamais poder acontecer, jamais, jamais apareceria.

Fiquei observando todos eles, e ninguém me viu, nem um maldito vislumbre meu. Eu gostava de ser invisível, estava aprendendo coisas, havia tantas coisas que eu não notara antes, na época que eu sempre precisava ser o centro das atenções.

Midnight contou a eles sobre uma carta que supostamente escrevi, dizendo que eu queria que eles se reunissem na floresta para uma sessão espírita, como se um dia nessa vida eu fosse pedir a eles que fizessem uma sessão para entrar em contato com o meu espírito, todo mundo sabe que não acredito nessa porcaria, vovô nunca teve paciência para coisas místicas e nem eu. Essas coisas são para Wink, a mãe dela e sua gangue de fadinhas, não para mim.

Midnight conseguiu que três deles concordassem de primeira. Thomas queria buscar sua tábua Ouija para perguntar sobre as pistas nas cartas, e Buttercup e Zoe assentiram daquele jeitinho gêmeo que costumava me deixar louca de raiva. Mas Briggs só riu, ele se ajoelhou e jogou água fria do rio no rosto e apenas riu, e falou e falou sobre como eu nem estava sumida há tantos dias, e como já havia sumido antes, e que não era nada para se preocupar, o canalha. Midnight então lembrou-lhe o que ele andava fazendo ultimamente, cavando pela floresta atrás de uma bolinha de gude, como um lunático, tudo porque ele também havia recebido uma carta, e com isso Briggs calou a boca.

Eu estava lá quando eles se encontraram num pequeno pasto perto da casa de Roman Luck à meia-noite, feixes de lanternas dançando pelo chão da floresta. Eu estava olhando. Thomas colocou o tabuleiro de Ouija no chão, bem em cima das agulhas de pinheiro e da terra. Parecia tão sério, cuidadoso e solene com aquilo que eu meio que tive vontade de rir, e também quis colocar uma das mãos sobre meu peito e jurar a ele lealdade eterna.

Eles colocaram os dedos sobre o ponteiro e, em seguida, começaram a fazer tantas perguntas que o tabuleiro jamais teria conseguido acompanhar, mesmo que funcionasse de verdade, o que não acontecia. Thomas perguntou sobre

Jack Três Mortes e os deuses gregos e o que tudo aquilo significava, e me lembrei da vez em que nós dois nos sentamos na montanha observando os esquiadores, e aquilo me deixou meio triste e nostálgica. Briggs perguntou sobre a bolinha de gude dourada, xícaras de chá e limonada... pareciam coisas sem nexo vindas diretamente de *Alice no País das Maravilhas*, só que não eram.

Buttercup e Zoe perguntaram sobre colher maçãs e poemas com maçãs, e Midnight perguntou se a névoa era um lugar espiritual ou um lugar real; o ponteiro não se mexeu uma vez sequer. Nadinha. Finalmente, finalmente, Midnight disse que precisavam da Wink, que, se alguém poderia me encontrar seria ela, e foi quando tudo realmente começou, quando se tornou doloroso, belo, palpável e verdadeiro. Todos eles começaram a brigar, baixo no começo, mas depois cada vez mais alto, até suas vozes ecoarem pelas árvores, como os Meninos Sangrentos e seu cabelo negro num de seus banquetes da meia-noite... ah diabos, eu estava falando como ela agora, como Wink.

Enfim, enfim, você devia tê-los escutado, discutindo a respeito de quem me conhecia melhor e por que eu desaparecera, por que eu fugiria, por que me atiraria no rio Curva Azul. Thomas disse que o fiz porque estava triste, mas isso é porque *ele* é triste, e Briggs alegou que eu nunca faria aquilo, porque sou uma guerreira, mas isso é porque *ele* é um guerreiro, e Buttercup disse que eu sentia culpa por causa de todas as minhas maldades porque *ela* sente culpa em relação a isso, e Zoe disse que, se eu quisesse fugir ou me atirar no rio, era um direito meu, porque *ela* quer ter aquele direito também.

E nenhum deles, nem um sequer, chegou perto da verdade. Exceto Midnight.

Ele repetiu o que dissera mais cedo, sobre como eles precisavam de Wink, então lá foram todos eles atrás dela.

Wink

Eles precisaram da minha ajuda. Sabia que precisariam.

Lavei meu cabelo com sabonete de canela, coloquei minha saia de bolinhas e esperei por eles no celeiro.

Expliquei a eles que precisaríamos fazer a sessão espírita na casa de Roman Luck. Que tudo precisava terminar onde havia começado. Peguei uma das colchas extras que Min guardava num baú no alto da escada, e coloquei em volta de meus ombros, pegando em seguida minha cesta para sairmos rumo à floresta.

Estiquei a colcha no chão do salão de música. Peguei três velas brancas da minha cesta e as coloquei no centro. Eu sabia como se fazia. Tinha visto Min comandar sessões sete vezes. Ela não fazia para todos os clientes, apenas para os especiais, os especiais com muito dinheiro. Fui até o canto e fiquei em silêncio por um tempo, como se estivesse me preparando, mas foi principalmente para um efeito dramático.

Midnight estava quieto, não falou muita coisa. Ele estava com medo. Todos os bons Heróis têm medo, sabem reconhecer o mal que estão enfrentando.

Briggs perguntou por que não levei um tabuleiro de Ouija, e quando contei a ele que eu não tinha um, ele pareceu não acreditar em mim.

Thomas ficou na sombra do canto da sala, como se estivesse tentando se esconder, como se ele fosse o Anthony Twilight de *Catorze coisas roubadas*.

Buttercup e Zoe se aninharam e sussurraram nos ouvidos uma da outra, e se deram as mãos.

Acendi as velas.

Começou.

Midnight

EU E OS AMARELOS encontramos Wink no celeiro.

Ela exibia um brilho estranho nos olhos quando nos viu subindo a escada, como se já soubesse que estávamos lá para buscá-la.

Ela pegou uma colcha e uma cesta que já havia arrumado, estava pronta mesmo. Wink e eu caminhamos lado a lado pelo atalho, sem conversar, como naquela primeira vez, quando demos de cara com a festa de Poppy.

Wink pôs as velas apagadas sobre a colcha e ficou num dos cantos da sala, no escuro. Imaginei que ela estivesse meditando, ou sei lá o que médiuns fazem. Sentei no sofá verde e escutei as tábuas corridas rangendo no corredor, apesar de não ter ninguém pisando ali. Escutei os galhos das árvores arranhando as partes ainda inteiras da janela. Escutei a casa velha fazer seus ruídos de casa velha, arranhar, ranger, gemer.

Lá estava eu de novo, na casa de Roman Luck no meio da noite.

Enganando Wink e depois enganando Poppy, beijando as duas e amarrando as duas... E agora eu estava de volta na casa, Poppy estava desaparecida, e eu reunira os Amarelos para uma sessão espírita.

Briggs tentou fazer algumas piadas, sobre como aquelas sessões eram bobas e como era tudo besteira, apenas barulhos de alguém batendo em mesas, painéis falsos e barbas falsas. Mas ninguém riu, tampouco olhou para ele.

Sentamos todos em círculo sobre a colcha.

Wink acendeu as velas.

Wink

FIZ TODOS DAREM as mãos. Eu parecia muito séria e expliquei que, se as soltassem durante a sessão, coisas ruins aconteceriam. O que não era verdade, eu só queria ver se acreditariam em mim. E acreditaram.

Midnight estava à minha direita, seus dedos fortes e firmes, como os do Ladrão. Thomas estava à esquerda. Ele tinha dedos longos como os de um elfo, e mornos, quase quentes. Esperei até Buttercup, Briggs e Zoe também darem as mãos e estarem prontos.

Não aconteceu nada.

Perguntei a Poppy se ela estava presente.

Não aconteceu nada.

A casa rangia e gemia, e os Amarelos arfavam, se mexiam e remexiam, então Midnight apertou a minha mão.

Não aconteceu nada.

Chamei Poppy novamente. Disse a ela que eu estava pronta e escutando.

Não aconteceu nada.

As chamas das velas oscilaram, e o vento soprou mais forte do lado de fora, mas eu não estava com frio. De repente, eu me senti quente, quente como se houvesse um fogo queimando dentro de mim. Prendi a respiração e me imaginei como uma caverna, profunda e aberta, um recipiente que precisasse ser preenchido, igualzinho a Min me ensinara.

Não aconteceu nada.

e
e
n
t
ã
o

Minha cabeça caiu para trás. Minha boca se abriu e meus olhos se fecharam, a língua tremeu e as palavras... jorraram...

Eu me debati, sussurrei, gritei e as palavras *jorraram e jorraram.*

Eu era Autumn Lind com a faca de cozinha, depois eu era Martin, gritando e gritando, o sangue espirrando, espirrando bem ali naquela sala, diga aos meus filhos que os amo, diga a eles, diga a eles, e então eu era Autumn mais uma vez, engasgando e sacudindo enquanto meu pescoço estalava para trás...

Eu me debati e então as palavras...
i
m
p
e
d
i
d
o.

Levantei a cabeça de volta, abri os olhos, relaxei os ombros. Midnight e os Amarelos estavam tremendo, e eu podia sentir o medo no ar, estalando como estática durante uma tempestade de raios.

E, exatamente naquele momento, começou a chover lá fora, como se eu houvesse comandado, como se tivesse chamado a chuva do céu da noite, a chuva batia na janela quebrada, molhava o interior da sala, batia na minha bochecha, e agora eu era a Rainha, curvem-se diante de mim, era assim que devia ser, era assim que devia ser, todos eles assistindo e esperando cada palavra minha, prendendo a respiração...

Soltei as mãos de Midnight e de Thomas, um movimento ligeiro, e fiquei de pé.

— Deus, vocês todos são tão otários — falei, a primeira coisa que saiu da minha boca; todos ficaram só encarando e encarando, como se eu já não houvesse os chamado de otários incontáveis vezes no passado, centenas, milhares, milhões de vezes.

Baixei o olhar para me ver, toquei meu cabelo, afaguei meus joelhos magros com as palmas das mãos.

— Dá para acreditar nessa merda? *Feral Bell.* A cavalo dado não se olham os dentes, acho.

Eles continuaram encarando, encarando, e os deixei, deixei que dessem conta de minha presença.

— *Poppy... Poppy, onde está? Você está bem? O que aconteceu com você?* — Vozes finas e patéticas.

— Estou morta — sussurrei. E em seguida ri. — *Morta. Estou morta e esta casa é meu túmulo, quero que a incendeiem. Quero que incendeiem a casa de Roman Luck.*

A chuva entrava, e os relâmpagos escorregavam entre as estrelas, então fiquei parada ali com as mãos nos quadris e todos eles observando cada gesto meu, congelados de medo, seus rostos dignos de pena, espantados, tão, tão amedrontados.

Eles me fizeram perguntas, tantas perguntas: quem fez isso e quem fez aquilo e sei lá o que sobre as cartas e sei lá mais o que sobre as pistas e ah, eles sentiam tanto, sentiam tanto mesmo... e aquilo me entediou até as lágrimas, então finalmente pus minhas mãos nos ombros de Thomas e sentei-me sobre ele, as pernas magras em volta dos quadris, joelhos o apertando. Beijei sua boca, beijei intensamente, contorci meu corpo, joguei meu cabelo, e ele me beijou de volta, eu não tinha certeza de que o faria, mas ah sim, ele fez, ele libertou a outra mão e colocou ambas no meu corpo enquanto os outros apenas assistiam. E então cochichei no ouvido dele:

— Se lembra da noite em que transamos na chuva, na grama molhada junto ao rio Curva Azul? As gotas geladas batiam em nossa pele nua, e estremecemos como fantasmas, estávamos escorregadios como enguias... nunca contei a ninguém, e você?

E Thomas balançou a cabeça, e eu me levantei, andei pelo círculo, sussurrando no ouvido de todos, sussurrei todos os seus segredos; eles assistiam e encaravam, e eu desfilava ao redor, balançava meus quadris de um lado para o outro, arqueava as costas retas e meu cabelo balançava. Eu era a Rainha, eu era a vilã, eu mandava em todos eles. Deixei que sua idolatria me lavasse como uma chuva fria, como a chuva lá fora, esfriando o céu. E era uma sensação tão boa que eu queria gritar gritar gritar de alegria, continuem encarando seus idiotas, continuem olhando, absorvam, absorvam, me absorvam, como raios de sol depois de uma tempestade, jamais existirá alguém como eu novamente, nunca, jamais jamais jamais.

Midnight foi o último, eu andei pelo círculo e o guardei para o final, sentei no seu colo e agarrei seu cabelo com os dedos. Ele pareceu horrorizado, bela e genuinamente horrorizado, e meu cabelo ruivo caiu pelo seu rosto, empurrei meu peito contra o dele e sussurrei em seu ouvido:

— *Sinto muito por ter zombado dos seus truques de mágica aquela vez, me senti mal depois, de verdade, sinto muito por ter zombado de você por causa de tudo, Midnight, tudo isso, as cartas e a sessão, tudo isso foi por você, só para eu poder dizer que sinto sua falta, Deus, como sinto sua falta, o tempo demora mais a passar onde estou, parece que são anos desde a última vez que subi na sua cama, anos e anos, eu só queria te ver uma última vez, Midnight, precisava dizer que sinto muito, eu...*

Ele me empurrou, me empurrou com força, como se eu estivesse queimando, como se eu fosse veneno.

E meu pé derrubou uma vela, e a vela caiu no tapete e então...

Fogo.

Midnight

Wink nos fez dar as mãos. Segurei a dela com a minha direita, a da Buttercup com a esquerda.

Jasmim. Aquilo veio primeiro.

Os cheiros da casa de Roman Luck, os cheiros de poeira e podridão e madeira e mofo... sumiram, todos sumiram.

E o ar foi tomado por jasmim.

Os Amarelos também sentiram. Eles arregalaram os olhos. Eu vi. Sabiam o que aquilo significava. O cheiro era forte, enjoativo, e tive vontade de cobrir meu nariz com a mão. Mas Wink avisara que não podíamos soltar as mãos.

Wink.

— Poppy, está aqui? — perguntou ela. Sua voz era calma, clara e doce.

Silêncio.

Apertei sua mão.

Começou aos poucos. Os olhos de Wink se fecharam, seus lábios ficaram apertados, *apertados*, como se o rosto estivesse tentando engolir sua boca. As bochechas ficaram encovadas. Hematomas duros, escuros, ocos.

Os Amarelos pararam de virar a cabeça de um lado para o outro e de farejar o ar. Todo mundo congelou.

A cabeça de Wink foi para trás, tão forte que o cabelo dela tocou o chão, seu corpo ficou rígido, *estalou*, como uma corda puxada com força, como a corda que usamos para amarrar Poppy, estalo, os pulsos amarrados ao piano.

As coisas que saíram de sua boca...

Palavras estranhas, xingamentos e gemidos. Sons guturais e soluços. Sem parar. Wink se contorcia e forçava seus dedos nos meus, mas não larguei, não larguei a mão. Sua cabeça virava de um lado para o outro, como um chicote, *as costas se arquearam e lágrimas escorreram de seus olhos verdes...*

O que eu tinha que fazer? Queria parar aquilo, precisava parar aquilo, mas estava com medo, tanto medo, era isso que Poppy queria? Que Wink fosse até a casa de Roman Luck para deixar que os imperdoáveis entrassem, deixar que destruíssem ela também? Wink disse que coisas ruins aconteceriam se soltássemos as mãos, mas eu queria soltar, *queria sacudi-la, queria sacudir os imperdoáveis para fora dela, Deus, era horrível, não admira Poppy ter morrido, deixamos ela sozinha com eles, como fomos capazes de fazer aquilo?*

Wink começou a gritar, e gritei com ela, Zoe e Buttercup também gritaram, Briggs gritou, Thomas ficou em silêncio e...

E, de repente, parou.

Wink se acalmou. Tudo, sua voz, seus braços, seu cabelo, calma.

Os dedos ficaram moles.

Ela se endireitou e abriu os olhos.

A tempestade começou bem naquela hora, naquele exato instante. A chuva bateu nos cacos quebrados de vidro da janela, *plop*, *plop*, e cada vez mais rápido. O trovão era tão alto que o chão começou a tremer, ou talvez fosse apenas eu, tremendo e tremendo. Eu parecia não conseguir parar de tremer.

Wink arrancou a mão da minha. Seus dedos escorregaram pelos meus. Soltei um gemido rápido quando aconteceu. Estava tão certo de que, se ficasse segurando, tudo ficaria bem no final.

Ela se levantou. Jogou o cabelo ruivo e cacheado para trás dos ombros e pôs as mãos nos quadris estreitos.

— Deus, vocês todos são tão otários — disse.

E não era a voz de Wink, baixa, sussurrada e suave. Era arrogante. Sedutora.

Wink passou a mão no cabelo, olhou para os braços, para as pernas, movimentos fluidos e graciosos, sobrancelhas erguidas, lábios fazendo biquinho.

— Dá para acreditar nessa merda? *Feral Bell*. A cavalo dado não se olham os dentes, acho.

Uma coisa gelada chegou no meu coração e fez estremecer o restante do meu corpo. Meu couro cabeludo ardia, e a pele coçava.

Eu ainda estava segurando a mão de Buttercup, à minha esquerda. Esquecera aquilo até perceber que, de repente, ela estava apertando tanto meus dedos que tirou meu fôlego.

— *Poppy... Poppy, onde você está? Tá tudo bem? O que aconteceu com você?*

Lágrimas escorriam pelo rosto de Thomas, correndo rápido, como a chuva lá fora.

— Estou morta. — E ela riu. E não era a risada de Wink, nem de longe se parecia com a risada de Wink, sussurros e o tilintar de um piano de brinquedo. Era fria, dura e irônica, Poppy, toda Poppy.

— *Morta*. Estou morta, e essa casa é meu túmulo, quero que a incendeiem. *Quero que incendeiem a casa de Roman Luck.*

Ninguém se mexeu.

— Onde está você? Podemos te ajudar? Sentimos tanto, nós não acreditamos, não acreditamos que você faria de verdade... — A voz de Buttercup oscilava, para cima e para baixo, como as chamas das velas.

— Wink e Midnight me amarraram e me deixaram aqui, mas os imperdoáveis também fizeram sua parte. Feral sardenta estava certa sobre eles. — E ela ri novamente, oca, cruel e fria. — Eles estão aqui agora mesmo, respirando na nuca de vocês... só que vocês não conseguem vê-los, seus tolos. Eles não vão mais me machucar, estou além disso tudo, sua maldade está focada em vocês agora.

— Quem está aqui? Quem são os imperdoáveis? — Briggs, voz forte e trêmula ao mesmo tempo.

Wink suspirou...

Quero dizer, Poppy...

Quero dizer, Wink...

— Isso é tão *chato*. Estou cansada de responder perguntas. Apenas calem a boca, vocês todos, e me deixem fazer o que vim fazer aqui.

Então ela subiu em Thomas e se aninhou nele, um joelho de cada lado do seu corpo.

Beijou sua boca.

Ele a beijou de volta.

Era o cabelo ruivo de Wink e suas costas magras, mas os lábios eram de Poppy, os gestos eram de Poppy, e era horripilante. *Horripilante.*

Ela pôs a boca perto do ouvido de Thomas e começou a sussurrar e sussurrar. Os olhos dele se encheram de lágrimas novamente, seus lábios se abriram de leve, e ele pareceu tão triste... e tão cheio de alegria...

Então ela se levantou e foi até a próxima pessoa.

Zoe.

Buttercup.

Sussurros e expressões espantadas, e horripilante, horripilante.

Briggs, ela também o beijou, mãos sardentas no rosto dele. Meu coração se partiu só de assistir. Se partiu ao meio. E eu não sabia se era porque Wink estava beijando, ou Poppy, ou as duas.

Ela se sentou no meu colo por último. Agarrou meu cabelo com os dedos, e os cachos escorregaram pelo meu pescoço, seu peito pressionou o meu.

E as coisas que ela disse, *as coisas que ela disse*, a voz de Poppy saindo da boca de Wink. Ela disse que sentia muito. Disse vezes e mais vezes.

Mas Poppy jamais dizia que sentia muito, nunca.

Jamais.

Eu não conseguia mais suportar. Não conseguia suportar nem mais um segundo daquilo.

Dei empurrão nela, para longe de mim.

A colcha se moveu, e seu pé derrubou a vela. E então chamas, chamas e fogo.

Wink

Eu era eu novamente, e a colcha estava pegando fogo, em seguida a barra do vestido de Zoe.

Midnight se levantou num pulo e começou a pisar nas chamas, Zoe rolou no chão, e Buttercup gritou.

As chamas lamberam o chão, subiram a cortina e chegaram ao piano. Thomas e Briggs arrancaram a camisa e bateram nas ondas flamejantes alaranjadas, mas a fumaça aumentava cada vez mais, como os pés de feijão mágicos subindo até o céu. Eu não conseguia enxergar, a fumaça, lágrimas descendo pelo meu rosto. Tropecei, bati no banco do piano, mãos me ajudaram a levantar, tropecei de novo, onde estava a janela? Eu não conseguia ver, não conseguia, alguém puxou meu braço, e então ali estava, a janela, bem na minha frente. Empurrei, tossindo, tossindo, e caí sobre a terra, bem ao lado de Buttercup. Zoe nos ajudou a levantar, meus olhos ardiam, pisquei e pisquei, mas ainda não conseguia enxergar. Segurei a mão de Zoe, e Buttercup segurou a minha, corremos em direção à floresta.

Senti cheiro de pinheiro e sabia que havíamos chegado às árvores. Larguei a mão das garotas e comecei a esfregar meus olhos, sangue nas minhas bochechas, palmas das mãos cortadas no vidro quebrado da janela. Buttercup e Zoe correram no escuro. Elas não esperaram. Correram como ladras, como as doze garotas em *Entre os dragões e a ira*, sem nem olhar para trás enquanto sumiam na escuridão. Briggs e Thomas passaram correndo logo em seguida, o rosto pálido, assustado, a boca escancarada e ofegante.

Olhei para trás, para a casa de Roman Luck, a fumaça engatinhando para o alto, como se tentando alcançar a lua, como se não se importasse com a chuva, a tempestade não conseguia tocar o fogo de jeito algum...

Crash.

O telhado desabou.

Crash, crash, crash.

Olhei ao redor, queria segurar sua mão...

Mas ele não estava ali.

Midnight *não estava ali.*

Midnight

A FUMAÇA ESTAVA por toda parte, eu tossia e tossia, contava as silhuetas, uma, duas, três, quatro, cinco, todas passaram pela janela, estavam seguros, agarrei o parapeito, tomando cuidado com o vidro quebrado...

E então escutei. Trovão.

Só que não era trovão. Era o telhado.

Vi a rachadura. O teto. Fiquei consciente tempo o bastante para vê-lo se partir em dois... o gesso soltando, caindo... e então poeira... fumaça... meus pulmões... escuridão.

Poppy

EU ESTAVA LÁ, assistindo. Eu odiava odiava odiava a casa de Roman Luck, mas fiquei lá assim mesmo. Eu me movia com as sombras e ninguém me via. Ninguém nunca mais me viu.

Assisti a tudo, ri quando Wink riu e estremeci quando Midnight estremeceu.

Fogo.

Eu estava lá quando o teto desabou. Estava lá quando todos pularam pela janela, todo mundo menos Midnight. Eu estava lá quando ele caiu no chão. Eu o segurei, nem pensei em nada, simplesmente o agarrei e puxei pelo corredor e pela porta dos fundos, vigas de madeira caindo por todo lado.

Midnight

ABRI OS OLHOS. Chão da floresta. Terra e agulhas de pinheiro.

O sol estava nascendo, eu podia ver a luz...

Virei a cabeça. Não era o sol. Era o fogo. O incêndio na casa de Roman Luck. A quarenta e cinco metros, através das árvores. Tentei sentar, mas meus ossos pareciam tão pesados, tão malditamente pesados. Meus pulmões ardiam. Respirar doía.

Senti cheiro de jasmim.

De fumaça e de jasmim.

E então lá estava ela, seu rosto na frente do meu, cabelo loiro fazendo cócegas na minha garganta.

— *Midnight* — disse.

Sua voz parecia diferente. Vazia e triste.

— *Poppy.*

Levantei a mão para tocá-la, meus dedos se esticando na direção do seu rosto...

Mas minha mão atravessou o ar.

Ela não estava mais lá.

Encontrei Wink na floresta. Ela deu um gritinho quando me viu. Dei um abraço nela. Nós dois estávamos com um cheiro forte de fumaça, mas em Wink ficava bom.

— Não encontrei você depois que saímos pela janela — sussurrou Wink contra o meu pescoço. — O que aconteceu, Midnight? *Para onde você foi?*

Sons de sirenes ao longe, nítidos e estridentes.

— Desmaiei com a fumaça, bem na hora que o teto começou a desabar.

— Senti os braços dela apertando o meu corpo.

— Alguém me puxou pela porta dos fundos, Wink. Até a floresta.

— Quem? — sussurrou suave no meu pescoço.

Mas eu não respondi.

༄

— Se lembra de alguma coisa? — perguntei, meia hora depois, no celeiro. — Lembra do que você fez? Do que aconteceu antes da colcha pegar fogo?

Wink balançou a cabeça.

— Num segundo eu estava segurando sua mão, e no seguinte acordei com os gritos, as chamas.

— Não se lembra dos imperdoáveis?

Ela balançou a cabeça mais uma vez.

Estava quase amanhecendo. Eu podia sentir mais do que ver. O ar estava irritadiço e frio, como cristal, e tinha um cheiro bom, depois de toda aquela fumaça.

— Você virou *ela*, Wink. A voz dela, os gestos, as expressões, tudo.

Ela não disse nada por um tempo. Estávamos encostados num monte de palha, e sua cabeça estava sobre minha barriga. Passei o polegar pela parte interna do seu bracinho magro e parei no pulso, para sentir sua pulsação. Tum-tum, tum-tum, tum-tum. Ela cortara as palmas das mãos no vidro da janela, e havia marcas de sangue seco nas mãos. Beijei um dos cortes, e ela se encolheu.

— Gostou de eu ter sido ela? — perguntou Wink, suave, suavemente.
— Não.
— Tem certeza?
— Sim.
Ela se virou e subiu minha camisa, beijou minha barriga, bem acima do umbigo, as mãos no meu pulso.
— Tem *certeza*?
Os lábios nas minhas costelas, pelo meu peito...
— Sim, tenho certeza.
Suas unhas subindo pelo meu corpo, gentil, gentilmente...
Cachos ruivos, por toda parte...
E então ela se sentou e beijou a minha boca, lábios cobrindo os meus, profunda, profundamente. Ela continuou, continuou.
Deslizou a perna esquerda por cima de mim e apertou os joelhos, sentada sobre meus quadris, uma perna de cada lado...
Ela jogou o cabelo para trás e arqueou as costas, só uma vez, da maneira certa.
E eu soube.
Eu *soube*.
Me afastei, assim que o primeiro raio de sol entrou no celeiro. Eu me afastei e olhei bem no seu rosto.
Ela não precisava dizer. Li no seu olhar verde iluminado pelo sol, li como se fosse a página de um livro.
— Poppy não está morta — sussurrei.
— É claro que não — sussurrou Wink de volta.

Fui para casa. Tomei banho e deitei na cama. Meu travesseiro ainda tinha cheiro de jasmim.

Levantei algumas horas depois. Fiz chá para meu pai e levei até o sótão pra ele.

— Ouviu as sirenes noite passada? — perguntou ele, o nariz enfiado numa cópia antiga de *Dom Quixote*.

— Sim. A casa de Roman Luck pegou fogo.

Ele não me perguntou como eu sabia.

— Deve ter sido um raio.

— Deve ter sido.

Ele assentiu, mas não me olhou. Sabia que eu estava mentindo. Ele não disse nada ainda assim, não me forçou nem uma vez a confessar. E nunca forçaria. Para o bem ou para o mal, era o meu pai.

Desci até a cozinha e peguei um mapa da gaveta.

A fazenda dos Bell estava quieta quando passei por lá, todos os animais dormindo, e os humanos também. A fazenda parecia diferente. Ainda estava tranquila e mágica... mas tinha uma pontinha de escuridão agora, como uma nuvem negra no horizonte, como quando o Ladrão passa pela Floresta dos Sussurros e escuta o uivo distante dos lobos-sombra por trás dos cantos dos pássaros, o farfalhar das folhas verdes, o murmúrio do rio Red.

Viro e desço o esquecido atalho de cascalho. Esquerda, direita, subindo a colina.

Até a mina Gold Apple.

Wink

Vi Midnight descer a estrada, e sabia aonde ele estava indo.

Ele não me viu. Eu era boa em me esconder. Aprendera com o livro *Discrição e sombras*.

Ensinei a Poppy a se esconder também. Ela aprendia rápido.

O Lobo apareceu pela primeira vez na nossa porta nos braços do meu irmão Leaf. Ela gostava dele por ele ser tão selvagem e cru. Também tinha aquilo dentro dela, embora boa parte estivesse preso e trancado, como na mulher drogada em *Sangue rubro e branco*. O Lobo era mais jovem naquela época. Ainda era apenas Poppy. Ainda era apenas uma garota, como o restante de nós. E Leaf sabia lidar com Poppy. Ele sabia com o que estava mexendo. Não tinha um coração grande e mole como Midnight, com as janelas e portas escancaradas, e maneiras fáceis de entrar. O coração de Leaf tinha arame farpado, alarmes, e cães ferozes e maus. Estava a salvo das presas da garota.

Do lado de fora do celeiro, eu era invisível. Um fantasma.

Mas dentro dele era diferente.

Na primeira vez que Poppy me encontrou lá, lendo para os Órfãos, ela estava com Leaf. Depois ela começou a ir só para me encontrar. Dizia que queria ouvir minhas histórias. Dizia que gostava de como eu lia. E de como meu cabelo fazia cachos. E de como minhas sardas a lembravam do meu irmão.

O Lobo me chamava de Feral fora do celeiro, mas dentro dele ela me chamava de Wink. Ela me ensinou a relaxar os lábios quando eu beijava. Me ensinou a acariciar a pele com a ponta dos dedos, até causar arrepios.

A Feiticeira Branca deu a Edmundo o manjar turco e o convenceu a trair seus irmãos e irmãs. O Lobo me beijou e pediu para ser meu amigo. Mas, diferentemente de Edmundo, eu sabia que haveria condições. Sempre soube. Eu sabia o que ela queria. Não caí sob seu feitiço, como os outros, palavras mágicas e uma varinha agitada no ar.

Poppy

Pulei no Curva Azul. Achei que poderia querer me afogar, como Virginia Woolf, ainda que aquele não fosse o plano, jamais fora o plano. Mas não enchi os bolsos de pedras, então talvez eu não estivesse realmente comprometida. A água me fez rodar e rodar, e bem na hora que eu ia abrir minha boca para deixá-la encher meus pulmões, o rio me atirou contra uma velha árvore e eu parei.

Saí rastejando, meu vestido preto grudado no corpo, como cola. Desabei na margem do rio e olhei para o céu, e nunca me senti tão viva.

Depois daquilo, fiquei sozinha com os cavalos dos Bell e a velha mina Gold Apple perto do riacho. Eu dormia na palha e comia ameixas. Cantava sem parar na floresta, sozinha, como Leaf fez naquele dia.

Achei que eu pudesse ser mimada e princesa-e-a-ervilha demais para sobreviver sozinha, tanta coisa acontecera desde aquela vez que fugi para a cabana do meu avô. Mas Wink tinha fé em mim, e aquilo fez com que eu acreditasse também; fé era algo que eu jamais achei que precisaria até receber dela.

Flagrei Wink copiando minha caligrafia uma vez. Imaginei que ela não devia estar armando boa coisa, mas eu nunca estava armando boa coisa também, então quem era eu para julgar?

Wink me visitou todos os dias e noites, levou para mim uma vara de pesca, grãos de café, ovos cozidos, frutas, sanduíches, queijo e livros para ler. E eu li todos os seus livros de fadas, cada um deles, li e reli, li até começarem a fazer sentido.

Eu gostava de fazer as pessoas dançarem. Gostava de puxar suas cordinhas e fazê-las marchar de um lado para o outro em um palco, aos acordes de minha própria melodia Poppy.

Mas Wink também gostava.

Mais do que eu, até.

Ela prometeu.

Ela sabia onde ele estava. Leaf.

Eu precisava ser o lobo, disse ela. Foi ideia dela, seu plano, a calcinha de unicórnio, o concurso de beijo, os seus apelidos, a perversa casa de Roman Luck e transformar Midnight num herói. Precisei ser amarrada ao piano e ficar lá a noite toda, depois desaparecer por um tempo, e, então, ela o convocaria. Ela o convocaria de volta. E eu concordei, concordei sem pensar duas vezes, sem hesitar, era fácil para mim, tão fácil quanto o sol se pôr, tão fácil quanto tempestades de raios, rios subindo de nível, garotos indo embora e duas garotas lendo juntas num celeiro.

Wink

Espalhei o boato de que Leaf estava procurando a cura de doenças na Amazônia, mas na verdade ele havia fugido para a Califórnia, para o Parque Nacional de Redwood. Estava morando na floresta com alguns outros Heróis, dormindo em barracas durante a noite e lutando contra Lenhadores de dia.

Poppy queria Leaf. Ela o queria tanto que arriscou se aninhar junto a mim no celeiro para saber onde ele estava. A Feiticeira, palavras gentis e gestos deliberados. Eu devia ter ficado lisonjeada, encabulada e impressionada, e fiquei. Mas não o bastante.

Uma hora ela deixou a Feiticeira para trás. Começou a usar sua voz normal. Falava sobre Leaf, mas sobre outras coisas também. Me contou sobre os Amarelos. Me contou que tinha vontade de gritar toda vez que seus pais a chamavam de *nosso anjinho*. Me contou que lera todos os livros de Laura Ingalls Wilder seis vezes, em segredo, e que fantasiara sobre cortar os cachinhos dourados de Mary, bem rentes à cabeça. Me contou que gostaria de ter tido um irmão ou irmã mais nova. Contou que odiava o modo como todos na escola a olhavam, como se ela tivesse todas as respostas.

Ela me contou como às vezes ficava acordada a noite toda só para ouvir o canto dos pássaros até amanhecer.

Poppy

Eu tinha essa noção de que talvez todos fossem ficar melhor sem mim, de todo modo, pelo menos por um tempo. Buttercup e Zoe, Briggs, Thomas e Midnight. Tipo, talvez, se eu desaparecesse, todo mundo seria mais feliz e eu também seria mais feliz, e não era só meu lado autodestrutivo falando isso. Algumas pessoas precisavam ficar sozinhas, Thoreau e Emily Dickinson, e eu. Leaf disse isso uma vez, e então explicou que Thoreau e Emily eram pessoas melhores, muito melhores, embora estivessem mortos há tempos e de ele não tê-los conhecido pessoalmente, apenas lido o que escreveram, e, ainda assim, aquilo não o impedia de ficar falando sobre como supostamente suas personalidades eram brilhantes se comparadas à minha, toda negra e podre.

Quando Midnight finalmente me encontrou na mina Gold Apple, eu estava usando um lenço na cabeça, um lenço azul, lavando minhas roupas no córrego frio, minhas canelas brancas como a luz da lua dentro d'água. Sei o que eu parecia, uma leiteira de boa índole ou coisa assim, saída de uma pintura em tons pastel, bochechas rosadas, nariz de botão ligeiramente torto, trabalhando alegremente debaixo do sol. Midnight ficou ali por algum tempo, acredito, apenas me observando bater uma camisa velha ensaboada contra uma pedra.

— Você salvou minha vida — disse ele, assim que olhei pra ele.

— Salvei — respondi, com tanta indiferença quanto podia.

E ele sorriu.

Wink

Houve um tempo que eu achava que podia mudar histórias, fazê-las seguir o curso que eu desejasse, em vez de irem para onde de fato iriam. Leaf me alertou em relação a isso. Ele me disse que eu não encontraria minha própria história até parar de interferir na dos outros.

Planejei reunir Midnight e os Amarelos na casa de Roman Luck. Planejei aquilo o tempo todo. Era o Último Capítulo.

As pistas... os Amarelos as desvendariam logo. Juntos eles teriam desvendado tudo, como quando Percival Rust reúne os Bandidos Órfãos, e juntos eles decifram o código e encontram a menina desaparecida em *O terrível sequestro*.

Mas as pistas eram para Midnight, não para os Amarelos. Eram apenas para ele.

O jasmim. Eu mergulhara cada vela no óleo da flor, e então, quando acendi o pavio, o calor espalhou o cheiro pelo cômodo, fácil, fácil, fácil.

Interpretar Poppy... aquilo também foi fácil. Eu a observara. Eu conhecia Poppy por dentro e por fora. Tinha lido Poppy de cabo a rabo, como tinha lido *A coisa nas profundezas*.

Midnight

Passei o dia com Poppy.
Escutei.
Ela me escutou.

Envelheci uns vinte anos.

Depois, encontrei Wink no celeiro. Parada ali na entrada, me esperando, como se soubesse.

— Você mentiu — falei, as palavras saindo da minha boca antes que eu pisasse na escada. — Armou exatamente com quem eu queria deixar para trás. Você me usou...

Wink se afastou, um, dois passos para trás.

— Você acenou com Leaf diante de Poppy e a levou ao limite. Deixou as pessoas pensarem que ela havia se *matado*. E ela quase se matou. Como pôde fazer isso? Como pôde fazer isso, Wink? — Pus as mãos no chão e me impulsionei para entrar. Fiquei em pé. Eu era enorme diante dela, mas dessa vez ela não se encolheu, nem deu as costas. — Achou que se criasse um conto de fadas e fizesse todos nós atuarmos, se me fizesse derrotar um monstro, se me tornasse um herói... você teria um final feliz, como uma princesa das histórias do celeiro?

O cabelo ruivo abraçava suas bochechas, longos cachos cobrindo as sardas, e a única coisa que eu conseguia ver eram seus malditos olhos verdes, brilhando para mim, mais inocentes do que nunca.

Ela continuou imóvel. Não pediu desculpas.

De Poppy eu já esperava mentiras.

Mas não de Wink.

Pus uma das mãos sobre o peito, fechei os olhos, joguei minha cabeça para trás...

Eu jamais gritara em toda a minha vida. Jamais gritara com Alabama, nem com meus pais, nem mesmo com mamãe quando ela contou que ia pegar meu irmão e se mudar para a França. Jamais levantei a voz num momento de raiva. Mas sentia aquilo crescendo agora. Eu ia gritar.

Ia gritar até meu coração explodir, sangue espirrando para todo lado. Eu ia gritar até não ter mais nada dentro de mim, nem uma maldita coisa. O som subiu, até a minha garganta, zunindo por trás dos meus dentes...

Abri minha boca...

E rugi.

Foi trêmulo, rouco e cru.

Mas era um rugido.

Três segundos e acabou. Pronto. Desabei no chão do celeiro e ali fiquei.

Depois de um tempo, Wink veio até mim. Ela se sentou sobre a palha, os joelhos dobrados debaixo do queixo, cabelo ruivo por toda a parte.

— Posso te contar uma coisa? — perguntou ela.

Dei de ombros e não olhei de volta para ela.

O grito havia me deixado negro por dentro.

Vazio.

Oco.

— Papai era alto e magro, com olhos e cabelo castanho-escuro — continuou ela.

Não me mexi. Não falei nada.

— Ele era bonito. Mesmo pequena eu já sabia disso. Costumava passar os dedos pelo cabelo dele enquanto lia para mim. Ficava maravilhada com a pele macia cor de oliva do seu rosto em contraste com as minhas mãos pálidas e sardentas. Lembro-me de passar o polegar por seus longos cílios e de gostar, porque me faziam cócegas.

Ela fez uma pausa.

E suspirou.

Continuou:

— Papai leu *A coisa nas profundezas* pra mim pela primeira vez quando eu tinha a idade de Bee Lee. Min estava lendo as cartas para alguém, Felix estava dormindo ao lado dela, e Leaf estava perambulando pela floresta, o que ele começou a fazer assim que aprendeu a andar. *Algumas pessoas são assim*, disse papai. *Elas têm no sangue a vontade de vagar.* Lá no fundo, ele também era um andarilho e vinha de uma longa linhagem deles. Mas Bee Lee é a única de nós que se parece com eles, apesar de Leaf também se parecer com papai em todo o resto. *Não se prende um andarilho*, papai costumava sussurrar no meu ouvido, muito antes de eu entender o quanto ele falava sério. *Você pode amarrá-los, prendê-los numa gaiola como um pássaro, e até pode dar certo por um tempo, mas um dia eles vão se libertar. E então vão correr até morrerem.*

"Eu achava que ele era o herói. Imaginava ele na minha cabeça como o herói enquanto lia as histórias de fadas para mim. Era o aventureiro, o explorador, o fanfarrão, o campeão. Ele era Calvino, o rei XVIII, e Paolo, o herdeiro perdido do Fim do Mundo. Era Redmayne, cantor dos deuses, Gabriel, o pastor, e Nathaniel, o construtor de cidades.

Ela parou de falar por um bom tempo e ficou apenas encarando a palha.

Wink estava me contando a verdade. Eu podia sentir. Sem contos de fadas dessa vez. Sem mentiras.

E eu estava de volta, simples assim, mordi a isca e fui içado.

— O que aconteceu com ele? — perguntei.

— Ele foi embora na manhã em que Peach nasceu. Eu me lembro... Lembro de como a neblina descia das montanhas e deixava o sol com uma luz meio sombria. Leaf chamou aquilo de um dia meio das fadas, e concordei. Min saiu do hospital cedo e nos buscou na casa de Beatrice Comb, que morava sozinha no pé de Jack Três Mortes. Ela cuidava da gente às vezes, antes de morrer durante o sono alguns invernos atrás. Chegamos em casa, e ele tinha ido embora.

Ela olhou para mim, olhos verdes, verdes.

— Três meses depois, eu estava brincando de "Siga os Gritos" com Leaf na floresta e vi uma coisa na casa de Roman Luck, vi alguém andando. Me aproximei. Olhei pela janela e lá estava ele, sentado no sofá verde do salão de música, lendo um jornal e bebendo uma xícara de café, uma pilha de roupas no canto, pratos sujos no chão. Papai estava morando ali o tempo todo. *O tempo todo*. Ele nem sequer viera ver seu filho mais novo.

Mais uma longa pausa.

— E depois? — perguntei baixinho.

— E então ele me viu na janela, na ponta dos pés, meus olhos espiando por cima do parapeito. Ele não sorriu para mim. Não disse meu nome. *Vá embora*. Foi tudo o que disse. *Vá embora*.

"Contei ao Leaf sobre ele. E Leaf contou para Min. Papai foi embora depois daquilo, foi embora como Roman Luck fez, no meio da noite. Foi embora de vez. Autumn, Martin Lind e o assassinato foi invenção, tudo história. Mas eu vi mesmo um homem na casa de Roman Luck. Não menti. Não quanto a isso.

Wink se levantou, lentamente, e andou até o começo do celeiro. Eu a segui. Ela ficou olhando para a luz sombria do começo da noite. Os gêmeos estavam de novo no telhado da fazenda, atirando maçãs em Peach lá embaixo, ela se desviava facilmente, mesmo enquanto gargalhava para valer.

Wink leu o último capítulo de *A coisa nas profundezas* naquela noite, e fiquei para assistir. Precisava que ela terminasse o livro. Precisava do desfecho. Quando ela terminou, fechou o livro e foi até a parede do outro lado. Ela ficou na ponta dos pés e o colocou numa das vigas de madeira empoeiradas.

— Não vou mais ler esta história — disse ela. — Estou farta dela, Midnight. Para sempre.

Papai uma vez me contou que a coisa mais honrosa que você pode fazer na vida é perdoar. Não acreditei nele na época, e talvez ainda não acredite. A honra vinha de defender inimigos na batalha. De partir em longas e nobres jornadas para ajudar os que precisavam. De aniquilar o mal e proteger os inocentes.

Não vinha?

Fui embora. Caminhei até o Curva Azul. Sozinho. Tirei a roupa e pulei nu dentro dele.

O céu noturno no alto.

A água fria e escura abaixo.

Me deixei afundar, afundar, afundar, até as pedras lisas do rio, descendo para a escuridão, até o rio correr acima de minha cabeça e meu cabelo se abrir num leque como chamas.

Wink não era uma vilã.

Ela não era uma heroína.

As pessoas não são só uma coisa. Elas nunca, nunca são.

Wink era de carne e osso.

Ela era má.

E era boa.
Ela era real.
E finalmente eu ia conhecê-la agora. A verdadeira Wink.
A verdadeira Wink, que vivia, respirava e pensava.

Poppy

Meus pais voltaram do congresso, foram marchando até a mina Gold Apple e exigiram que eu voltasse à civilização, exatamente como fizeram antes, quando fiquei na cabana do vovô. Mas desta vez eu bati o pé e simplesmente continuei eviscerando a truta que tinha pescado mais cedo. Minha mãe olhou para minhas mãos ensanguentadas e se encolheu, mas mantive-me estoica como Anton Harvey, eu era o retrato vivo dele. Disse a meus pais que os amava, mas que morar com eles não era mais uma opção, que eu havia sido feita para pescar, dormir no chão e ficar sozinha, que era quem eu era e que fazer outras coisas, ser o anjinho deles, me fazia infeliz, e que ser infeliz fazia ser cruel.

Meu pai murmurou alguma coisa sobre sempre ter sabido, eu tinha os olhos de Anton quando era bebê, olhava fixo para todo mundo da mesma forma direta, e que ele *sabia* que daria nisso... apesar de, é claro, ele não saber, o mentiroso. Minha mãe arrulhou e tentou me persuadir, quando não funcionou, ela colocou a cabeça entre as mãos de forma triste, mas eu já a vira fazer a mesma coisa depois de passar o dia com vovô, quando ele era vivo, e ela sempre se recuperava muitíssimo bem, então não me preocupei.

Fiquei olhando o carro deles indo embora, e depois fiquei encarando as marcas que o pneu deixara na grama por algum tempo.

Eles voltariam.

Mas até lá eu ia aproveitar o silêncio, cada último, pacífico e solitário segundo dele.

Era quase pôr do sol. Tirei meu saco de dormir do chão de madeira da mina e o atirei na grama, debaixo das estrelas, tão perto do rio, que caí no sono com as pontas dos dedos dentro d'água.

Midnight

Contei aos Amarelos sobre Poppy. Contei que ela estava viva e morando sozinha na mina Gold Apple, e que ela só queria ficar sozinha. Contei que as cartas *eram* pistas, mas que tinham sido escritas por Wink, e não por Poppy — Wink me deixara pistas para que eu seguisse a história até o final, como o Ladrão, quando ele brinca de "Cinco Mentiras e Uma Verdade" com a velha da ponte Sem-Fim. Contei que a sessão espírita havia sido uma farsa e que Wink estava por trás de tudo.

Os Amarelos se desmantelaram.

Acho que era o que Wink queria, de qualquer forma.

Thomas encontrou outra garota para amar, uma menina doce chamada Katie Kelpie, que tinha belas curvas, um lindo sorriso e que estava sempre sorrindo. Ela o levava pela cidade na garupa da sua Vespa vermelha e começara a ensiná-lo a tocar flauta de metal para que ele pudesse entrar na sua banda de punk irlandês. Katie falava muito, parando apenas para olhar para Thomas e se certificar de que ele estava feliz, e ele geralmente estava.

Às vezes eu via Buttercup e Zoe no cemitério quando ia à cidade, tirando gravuras de lápides e sussurrando no ouvido uma da outra, como sempre, como se nada estivesse faltando.

Briggs.

Esbarrei nele na floresta. Era um dia com vento, quase anoitecendo. Ele estava sentado ao lado de uma barraca verde e de uma pequena fogueira, com o olhar distante.

— Se estar sozinho na natureza é bom o bastante para a Poppy, é bom o bastante para mim — disse ele, após um tempo.

Apenas concordei com a cabeça.

— Ela nunca nos amou, sabe? Nenhum de nós.

Concordei novamente.

— Quanto tempo pretende ficar aqui na mata, Briggs?

Ele deu de ombros.

— O tempo que for necessário.

Deixei-o com a sua fogueira.

Fui até a fazenda dos Bell e passei pela porta da cozinha, sem bater, porque as coisas eram assim agora. Min estava derretendo alguma coisa no fogão, uma coisa com cheiro de manteiga, mel e rosas. O cabelo ruivo estava amarrado numa echarpe verde, e as mangas da camisa preta, enroladas até os cotovelos sardentos.

— Estenda sua mão — ordenou ela, sem levantar os olhos.

Obedeci. Ela colocou uma colherada cremosa na palma da minha mão.

— É creme de manteiga de karité. Ajuda a dormir.

Esfreguei as mãos.

— O cheiro é bom. Com o que vai me fazer sonhar?

Min não respondeu, mas abriu um sorriso misterioso por cima do ombro. E se pareceu tanto com Wink quando fez isso que fiquei arrepiado.

— Está tão silencioso — comentei. — Cadê todo mundo?

— Felix viu aquele veado branco esta manhã, e todos saíram correndo atrás dele. Wink levou um piquenique para os Órfãos, então pode ser que demorem.

Me sentei à mesa. Havia uma tigela de ervilhas frescas; peguei um punhado daquelas amiguinhas verdes e enfiei na boca.

Min começou a encher frascos de vidro transparente com o bálsamo dos sonhos, uma cuidadosa colherada de cada vez. Ela parou por um instante, as mãos nos quadris, então se afastou da bancada, se debruçou na mesa e tirou a tigela de ervilhas da minha frente.

— Vou ler as cartas para você, Midnight.

— Tudo bem.

— Não, vou ler as cartas de *Wink* para você.

Aquilo me intrigou.

— Mas Wink me disse que você não lê mais as cartas dos seus filhos, desde que leu as de Bee Lee uma vez e elas revelaram que ela morreria jovem.

Min me olhou e franziu o cenho, profundamente, estreitando os lábios.

— Essas cartas não eram de Bee Lee. Eram de Wink.

Meu coração parou de bater.

Parou mesmo.

Coloquei uma das mãos sobre o peito e apertei.

— Jamais contei a ela — continuou Min. — Mas ela começou a ler cartas aos 12 anos, e descobriu aquilo sozinha. Achei que conhecer seu futuro poderia ajudar. Poderia fazê-la abraçar a vida, vivê-la ao máximo. Eu estava enganada. E então o pai dela ainda resolveu ir embora, os dois eram muito próximos.

Apertei o peito com mais força, minha mão espalmada.

— Não acredito em tarô — falei. — Não acredito em vidência.

Min pegou as cartas mesmo assim, um rápido puxão de um bolso oculto. Ela as colocou sobre a mesa.

Um esqueleto.

Um morto cravado de espadas.

Uma figura de manta, cinco taças de ouro.

Dois cachorros uivando para a lua.

Um coração com três adagas enfiadas até o punho.

— Sim — observou Min baixinho.

Não sei o que as cartas significavam, nem o que Min viu nelas, mas havia uma tristeza transparecendo em seus olhos-verdes-de-Wink.

— As cartas podem estar enganadas — falei.

— Talvez. — Min reuniu as cartas com uma das mãos e as guardou de volta no bolso. Ela se voltou para os potes de vidro e o bálsamo, parou e, então, me olhou por cima do ombro. — Certas ou erradas, Wink acredita nelas. E isso muda tudo.

Encontrei Wink no celeiro. Os Órfãos foram para a cama meia-noite, e então ficamos só nós dois, um cobertor e a lua brilhando acima. Conversamos por horas. Só verdades, nada de contos de fadas.

Eu estava quase dormindo quando ela me beijou. Ela beijou meu pescoço e meu queixo, minhas orelhas e tudo entre elas. Ela desabotoou minha camisa, e eu desabotoei seu macacão de moranguinhos. Ela me abraçou com os braços nus e apertou minhas costas com força, juro que pude sentir suas sardas pressionando minha pele, cada uma delas.

Ela não arqueou as costas nem jogou o cabelo para trás.

Me afastei. Olhei para ela, e ela sorriu. Sorriu para *dentro* de mim — senti aquele sorriso ecoar nas minhas costelas, como um grito, com um intenso e profundo suspiro.

Seu corpo se curvou contra o meu, peito com peito, meu rosto enterrado em seu cabelo.

— Wink — sussurrei, quase já amanhecendo, tudo quieto além do céu ainda negro. — *Wink*.

Coloquei uma de minhas mãos sobre seu coração e esperei que ele batesse. E batesse. E batesse.

Ela se remexeu e olhou para mim. E pude ver em seus olhos. Ela sabia.

— Min leu minhas cartas para você.

Assenti.

Ela deu de ombros, sua pele se movendo contra a minha.

— Meu coração pode não ter mais dois bilhões de batimentos de sobra, nem duzentos. — Ela suspirou. — Mas não importa muito. Não mesmo. Eu costumava achar que precisava ser parte de uma história, uma *grande história*, uma história com provações, vilões, tentações e recompensas. É assim que eu a conquistaria, a *morte*.

Ela suspirou novamente e se aninhou para mais junto de mim.

— No final, tudo que importa são as pequenas coisas. O jeito como Min diz meu nome quando me acorda de manhã. A sensação da mão de Bee na minha. O jeito que o sol projetou minha sombra na grama do jardim ontem. Como suas bochechas ficam coradas quando nos beijamos. O cheiro de palha, o gosto de morangos e a sensação da terra negra e fresca nos meus dedos dos pés. É isso que importa, Midnight.

Vi o veado branco quando voltava para casa. Ele estava parado na frente das macieiras, brilhando como se feito da luz das estrelas. Ele me olhou demoradamente, e, então, correu para a escuridão.

Fechei meus olhos e fiz um pedido.

Wink

Final do verão.

O final desta história.

Mantive minha promessa a Poppy.

Procurei Leaf.

Mandei uma carta para o oeste, para a Califórnia, para uma cabana em Redwood.

Leaf seguia a própria cabeça e não escutava ninguém. Eu não sabia se a carta daria certo. Em parte eu queria poder pedir que os pássaros o buscassem, o arrancassem do chão com suas garras e carregassem-no pelo céu como

Andrew de *A guerra dos corvos*. Mas em parte também esperava que Leaf simplesmente voltasse sozinho, só porque eu tinha pedido.

    O coiote descobriu que ele havia voltado antes de mim. Vi o bicho margeando a floresta, olhando para o atalho que dava na casa de Roman Luck. Leaf sorriu quando nos viu esperando por ele, o coiote e eu.

    Mais tarde, depois de ter abraçado Min e Bee Lee, e de ter deixado Felix apresentar sua namorada e brincado de "Siga os Gritos" com os gêmeos e a Peach... ele foi até ela. Deixei os dois sozinhos por um tempo, mas no final precisei ver. Fui de fininho até a mina Gold Apple, me escondendo nas sombras, como de costume. Estavam ali, sentados na beira do riacho, assistindo o sol se por, lado a lado, loira e ruivo.

Poppy

Leaf.

    — Então é aqui que você mora agora?

    Senti o olhar dele em mim, nas minhas costas, atravessando minhas roupas, queimando minha pele.

    Olhei para ele por cima do ombro. Estava apoiado no batente da porta da velha mina Gold Apple, cabelo ruivo, sardas e corpo magro, me observando acender uma fogueira. Sorri, um verdadeiro sorriso Poppy, não um daqueles sorrisos falsos que eu usara durante tantos anos.

    — Sim — respondi. — Entendi tudo. Entendi quem eu sou.

Leaf riu. Ele *riu*, profunda e alegremente, como jamais fizera antes, pelo menos não comigo.

— Prove — disse ele.

E eu provei.

Midnight

EU ESTAVA LENDO debaixo das macieiras, descalço na grama verde, quando escutei o estrondo. Olhei para o alto. Nuvens negras se aproximando.

O celeiro era o lugar para tempestades de raio. Wink e eu gostávamos de ficar escutando a chuva bater no telhado, observando os raios cortando o céu.

Andei lentamente até lá, parando para olhar as nuvens, deixando o trovão ribombar direto no meu coração.

Subi a escada, coloquei a cabeça para dentro, e lá estava ela, sentada sobre a palha, comendo morangos de uma tigela verde com uma das mãos e virando as páginas de um livro com a outra. Estava sozinha. Os Órfãos deviam estar na mata, fazendo algumas das suas brincadeiras de Órfãos.

Abri a boca para chamá-la...

E vi a capa do livro.

Um garoto com uma espada do lado. Parado numa colina. De frente para um castelo escuro de pedra. Montanhas sinistras ao fundo.

Fechei os olhos.

Abri.

Desci de volta a escada, sem fazer barulho.

Caminhei para casa.

Subi direto para o sótão.

— Pai?

— Sim?

— Quero ir para a França ver mamãe e Alabama.

Ele levantou a cabeça. Não sorriu, mas seus olhos se apertaram nos cantinhos.

— OK — disse ele.

E quero que você vá junto.

— OK — concordou de novo, simples assim.

França.

Bebi *café au lait*. Subi no alto de castelos. Andei sob o luar francês pelas margens dos rios. Passei demoradas tardes com mamãe e Alabama, a luz do sol, brisa com cheiro de lavanda, sinos de igreja ao longe e conversas sobre o livro da mamãe.

Eu não me despedira de Wink. Não escrevera uma carta. Não ligara.

Silêncio.

Contei para Alabama. Contei tudo a ele. Não estava em busca de conselhos. Só queria compartilhar, como irmãos fazem.

Sentamos no pátio atrás da nossa antiga casa de pedra, na beira de Lourmarin. Mamãe estava lá dentro, escrevendo, e papai estava num leilão de livros em Avignon. Eles se separavam durante o dia, mas mais tarde... mais tarde todos jantávamos preguiçosamente ao ar livre na praça da cidade e depois caminhávamos um bom tempo juntos ao anoitecer.

Alabama ergueu os longos braços morenos e amarrou o cabelo liso para trás, para longe do rosto.

Pensei em como eu me parecia pouco com ele. Mas desta vez não me importei.

Contei a ele sobre o meu verão, sobre a casa de Roman Luck, os imperdoáveis, as cartas de tarô, *A coisa nas profundezas* e Wink. Wink, Wink, Wink. Ele não disse uma só palavra. Não até eu terminar.

Seus olhos negros fitaram os meus.

— Devia ter se despedido.

— Eu sei.

Ele não disse mais nada por um tempo. Escutamos os pássaros cantando nos quatro limoeiros ali perto e bebemos espresso de duas pequenas e gordas xícaras marrons.

Finalmente, meu irmão deu um assovio demorado e baixo, e sacudiu a cabeça.

— Agora? Aquela ruivinha precisa dos seus contos de fadas. Só precisa deixar que ela seja quem é, Midnight.

Pensei naquilo.

— Como você deixou Talley Jasper ser quem é, é o que quer dizer?

Alabama sorriu, lenta e relaxadamente.

— Exatamente. Temos tempo, irmão. Temos todo o tempo do mundo.

Vi uma garota parecida com Wink naquela noite. Era pequena, o cabelo comprido porém liso, mas ruivo. Ruivo, ruivo, ruivo. Estava lendo um livro enquanto passeava com dois cachorrinhos pretos pelas árvores perto do château, na beira de Lourmarin. Estava anoitecendo.

Imaginei Wink usando as botas pretas da menina e seu vestido amarelo açafrão. Imaginei Wink na floresta, sombras azuis, neblina cinzenta, céu escuro. Os dois cachorros se tornaram os Lobos-Sombra, seguindo Wink de perto, rosnando e mordendo o ar. Fechei os olhos...

E, de repente, eu estava lá, de volta à floresta de Roman Luck.

Wink.

Passei minhas mãos por seu cabelo e senti os cachos espessos separando meus dedos. Os lobos rosnaram, mas ignorei.

Wink beijou os meus pulsos, o direito, depois o esquerdo.

Suspirei.

Ela pôs uma das mãos sobre o meu coração.

Os lobos começaram a uivar.

Ela olhou para mim, olhos verdes, verdes.

— Adeus, Midnight — disse. — Adeus por enquanto.

E então ela e seus lobos desapareceram na neblina, indo, indo, perdidos.

Abri os olhos.

A francesa estava me observando, olhava enquanto eu estava parado ali nas árvores com os olhos fechados, sonhando com uma garota ruiva a um milhão de quilômetros de distância.

Ela sorriu para mim.

Sorri de volta.

Wink

Toda história precisa de um Herói.

Nesta história temos uma heroína e ela estava sentada sobre a palha, cercada por livros. Ela aponta o queixo pontudo para as vigas e grita em meio à noite. Suas sardas dançam nas bochechas, como as estrelas dançam no céu.

A Heroína encontrou o menino na floresta. Ele tinha cabelo escuro e olhos de cores diferentes. Um azul, outro verde.

A Heroína achou que o garoto podia ser o Vilão.

Toda história precisa de um Vilão.

Mas...

Mas o garoto estava sentado ao lado de uma pequena fogueira, ele tinha um olhar perdido.

Esse menino fazia a Heroína se lembrar do Ladrão... O Ladrão, que costumava se sentar ao lado de sua pequena fogueira e cantar velhas canções para afastar a solidão.

A Heroína sentou-se ao lado do menino. Ele começou a falar sobre o seu verdadeiro amor, a menina de cabelo dourado que ele perdera para um valente guerreiro chamado Cavaleiro Vermelho.

A Heroína também perdera seu verdadeiro amor. Ele fugiu no meio da noite. Atravessou um oceano e foi morar num lugar com gatos ardilosos, príncipes encantados e homens de barba azul que penduravam as esposas nas paredes.

A Heroína conversou com o garoto a noite toda. Eles dividiram uma maçã vermelha e ácida, uma xícara de leite dourado e um pedaço de bolo de especiarias. E então, quando amanheceu, o garoto guardou sua barraca, abriu um sorriso para a Heroína — um sorriso firme, verdadeiro — e foi para casa.

A Heroína ficou sozinha na floresta, cabelo ruivo esvoaçando pelas costas.

Ela abriu os braços e sentiu a brisa cheia do nascer do sol soprar em sua pele.

De repente a Heroína soube que essa história não seria como as outras histórias. Não haveria espadas, nem monstros, nem provações. Não haveria charadas, nem vingança, nem ressurreições.

Mas haveria redenção.

E amor.

E vida.

E um para sempre.

Agradecimentos

Jessica Garrison. Editora, amiga.

Todos na Dial e Penguin, principalmente Bri Lockhart, Kristin Smith e Colleen Conway.

Minha inimitável agente, Joanna Volpe. Obrigada pelo tarô em Nova Orleans e por gostar da brincadeira cigana.

Vendedores da Klindt.

Katharine May Briggs, rainha dos contos de fadas.

Mandy Buehrlen.

Kenny Brechner.

Nova Ren Suma.

Victoria Scott, pelo círculo de fogo.

Megan Shepherd — o que eu faria sem você?

Kendare Blake, por me chamar de bruxa da cozinha.

Alistair Cairns e Kelly Cannon-Miller.

As crianças Hicks.

Papai.

Nate.

Este livro foi composto na tipologia Sabon
LT Std, em corpo 11/15, e impresso em
papel off-white no Sistema Cameron da
Divisão Gráfica da Distribuidora Record.